KB004918

샛별 같은 눈을 감고
치마폭을 무릅쓰고

심청전

열네 살에 다시 보는 우리 고전 ❶

샛별 같은 눈을 감고 치마폭을 무릅쓰고

심청전

1판 1쇄 발행일 2015년 1월 5일 | 1판 1쇄 발행부수 2,000부(총 2,000부 발행) | 글쓴이 고영 | 그린이 이윤엽
펴낸 곳 (주)도서출판 북멘토 | 펴낸이 김태완 | 편집주간 김혜선 | 편집 진원지, 박혜리 | 디자인 승디자인, 안상준
| 마케팅 이용구 | 관리 윤희영 | 출판등록 제6-800호(2006. 6. 13) | 주소 121-869 서울시 마포구 월드컵북로
6길 69(연남동 567-11), IK빌딩 3층 | 전화 02-332-4885 | 팩스 02-332-4875

ISBN 978-89-6319-118-8 44810

열네살에

다시보는

우리고전

❶

샛별 같은 눈을 감고
치마폭을 무릅쓰고

심청전

고영 글 · 이윤엽 그림

북멘토

자료 출처

100쪽	항해조천도	국립중앙박물관 소장
102쪽	범사도	국립중앙박물관 소장
159쪽	동여도	서울역사박물관 소장
175쪽	조선왕조실록	국사편찬위원회 한국사데이터베이스

예지, 앤드류, 동하, 미로, 현진, 원근.
아직 열아홉이 되지 않은 친구들에게

| 여는 글 |

아름다운 사람, 심청

조선을 사로잡은 소설

'작은 춘향전'. 바로 『심청전』의 별명이자 애칭입니다. 고전 소설 가운데 가장 인기가 높았던 『춘향전』에 버금가는 인기를 누렸단 말이지요.

『심청전』은 시작부터 독자의 눈물샘을 자극합니다. 갓 낳은 심청과 눈먼 남편을 남겨 두고 곽씨 부인은 먼저 저세상으로 떠납니다. 홀로된 아버지가 아이를 기르고, 그 아이가 자라 혼자서는 생활할 수 없는 아버지를 아이 기르듯 돌보는 이 가슴

아픈 사연에 안타까워하지 않을 사람이 어디 있겠어요. 더구나 어떤 장애이든 손쓸 도리가 전혀 없던 옛날, 한바탕 비극이 지나간 뒤 딸을 만난 심학규가 눈까지 뜨는 결말에서 독자들은 환호하며 기쁨의 눈물을 흘리지 않을 수 없었을 테지요.

아버지랑 딸이랑

심학규는 어린 딸을 안고 "젖 한 모금만 먹여 주오" 이 집 저 집 젖동냥을 다니면서 심청을 키워 냈어요. 건강하게 자란 심청은 허드렛일을 해 눈먼 아버지를 모시지요.

그러던 어느 날! 심학규는 늦은 밤 발을 잘못 디뎌 개울에 빠지고 말아요. 그때 마침 길을 가던 스님이 심학규를 구해 주는데, 글쎄 공양미[1] 3백 석을 부처님께 시주[2]하면 눈을 뜰 수 있다는 게 아니겠어요? 심학규는 어림도 없는 약속을 덜컥 해 놓고는, 부처님과의 약속을 지킬 길이 없어 시름에 빠집니다.

---

1 공양미 절의 예식 및 식량으로 쓰는 쌀.

2 시주 조건 없이 절이나 승려에게 물건이나 재산을 줌.

사실을 알게 된 심청은 이리저리 방법을 찾지요. 그러다 남경 상인들이 바다를 무사히 건너기 위해 인당수에 제물로 바칠 처녀를 찾는다는 말을 듣고는 '몸을 팔아서 공양미 3백 석을 구하겠다'는 기막힌 결정을 해요.

차가운 인당수에 몸을 던진 심청! 하지만 다행히 용왕의 도움으로 되살아나 연꽃을 타고 바다 위로 떠오르지요. 연꽃에 실려 대궐 안으로 가게 된 심청은 황제와 결혼해 황후가 된답니다. 황후 심청은 아버지를 찾기 위해 온 나라 맹인들을 초대해 잔치를 열고요. 과연 심학규는 잔치에 왔다가 죽은 줄로만 알았던 딸을 다시 만나 드디어 눈을 뜹니다.

소녀 가장, 생계형 범죄자 되다?

앞서 『심청전』이 조선을 사로잡았다고 했지요? 예전에는 확실히 그랬습니다. 그런데 오늘날에도 정말 그런가, 『심청전』이 지금 이 시대 독자들에게도 매력적인 이야기인가 하고 묻는다면 선선히 그렇다고 말하기 어렵군요. '심청'이라면 눈물 콧물 쏙 빼며 열광하던 조선 후기 독자들과 '심청이 뭐 대수인가' 하

는 냉소적인 21세기 독자들 사이에는, 시간의 흐름만큼 커다란 틈이 벌어진 듯합니다. 인터넷 서핑을 하다 보면 어린이 또는 청소년으로 보이는 이들의 손끝에서 나온 『심청전』 패러디를 만날 수 있는데요, 다음 세 이야기는 특히 흥미롭습니다.

[**패러디 1**]

심청은 보험을 열 개도 넘게 든 뒤, 물에 빠진 척해서 보험금을 탄다. 그러나 수술을 받기도 전에 보험 사기가 들통 나 심청과 심학규는 감옥에 간다.

[**패러디 2**]

심청은 밤낮으로 일하느라 심학규를 잘 돌볼 수 없었다. 심청이 일하느라 며칠 집을 비운 사이, 심학규는 방에서 넘어져 전신 마비가 되는 바람에 혼자 굶어 죽는다.

[**패러디 3**]

가난한 살림이 지긋지긋한 심청은 로또에 열중한다. 로또에 빠져들어 인생을 허비한 심청은 결국 밑바닥 인생으로 전락한다.

아무나 할 수 없는 효행, 거룩하다고까지 말할 수도 있는 죽음, 죽음을 극복하고 피붙이가 다시 만나는 환상적인 이야기는 어디 갔나 싶게 잔혹하기 이를 데 없는 패러디입니다.

오늘날, 이렇게 기괴한 새 『심청전』을 만들어 낸 이들은 아마 심청의 희생에 선뜻 고개를 끄덕일 수 없나 봅니다. 옛날 독자들처럼 눈먼 아버지를 위해 인당수에 몸을 던진 심청에게 열광하지도 않고, 죽을 고비를 겪은 뒤 그 아버지가 눈을 떴어도 박수를 보낼 생각은 없는 듯합니다.

바로 여기에서 옛날과 오늘날의 독자들 사이에 생긴 틈을 발견할 수 있습니다. 예전의 시선과는 다른 시선, 예전에 심청을 대하던 마음과는 다른 마음. 이 시선과 마음 사이를 잘 살피면 『심청전』을 읽는 또 다른 보람을 거둘 수도 있겠지요.

믿지 못할 해피 엔드

예전에는 '심청' 하면 바로 '효녀'였고, '효녀'의 대명사는 두말할 여지없이 '심청'이었습니다. 그런데 패러디된 내용을 보아 하니, 오늘날 심청의 형상과 행동을 대하는 독자들의 태도

는 변해도 너무 많이 변했군요. '보험 사기'를 치고, 눈먼 아버지를 '방치'하고, '로또'에 빠져든 심청이라니. 오늘날의 독자들은 왜 아버지 심학규를 위해 희생한 딸 심청의 행위를 조롱거리로 끌어내리고 비웃는 걸까요?

앞서 살펴본 『심청전』의 기괴한 패러디 속에는 두 가지 질문이 엿보입니다. 우선 첫째로 '심청의 행동이 진짜 효인가?'입니다. 공자는 『효경』이라는 책에서 "피부에서 터럭에 이르는 내 온몸은 부모님께 받은 것이다. 이를 감히 훼손하거나 상하지 않도록 하는 것이 효의 시작이다"라고 말했습니다. 자신의 신체를 소중히 여기는 것이 효의 기본이라는 것인데요, 이런 가르침에 빗대어 심청의 행동을 판단한다면 어떤가요? '자신의 몸을 상품으로 내놓고, 쌀 3백 석에 목숨을 버린 것이 진짜 효일까' 하는 의문이 들 거예요. '자식이 죽으러 가는 것을 보는 아버지 심정은 어땠을까' 하는 생각도 들 테고요. 이런 질문이 꼬리에 꼬리를 물다 보면 '심청은 불효막심한 자식이다!' 하는 결론에 이를 수도 있을 것입니다.

두 번째는, 조금 더 근본적인 질문인데요, '『심청전』이 실현했다는 효孝가 과연 도덕적이며 정의로운 것인가?' 하는 물음입니다. 어린 소녀인 심청에게 일방적인 희생을 강요하고는

'효'라고 슬며시 포장하는 것 자체가 끔찍하다는 말이지요. 질문의 방향을 이렇게 잡은 독자들에게, 심청의 죽음은 결코 거룩한 희생이 아닙니다. 개인적으로 보면 바보 같은 선택이고, 사회적으로 보면 비참한 죽음일 뿐이지요.

심청의 '희생'도 '효'도 모두 못마땅해서일까요? 이들은 심학규와 심청이 함께 고생하다, 헤어졌다, 만나서는, 눈먼 심학규가 눈을 뜬다는 '해피 엔드' 자체를 인정하지 않습니다. 여기 깃든 속내는, 심학규와 심청 같은 처지에서는 어떤 선택을 한다 해도 찾아올 것이라곤 '비참함'뿐이라는 냉소입니다. '심청과 심학규가 보험 사기로 감옥에 간다', '심학규는 전신 마비로 굶어 죽는다', '심청은 밑바닥 인생을 전전한다'……, 하나같이 신문과 방송과 인터넷에서 볼 수 있는 생계형 범죄의 결말을 빼다 박았습니다.

인당수에 뛰어든 심청이 되살아나고 황제와 혼인해 황후까지 되었다는 진짜 『심청전』의 결말과 비교하면 하늘과 땅 차이지요? 심청에 대한 적대감까지 느껴지니 말입니다.

뒤집어 생각하면

우리는 심청이 단순히 효를 실천한 인물로 그려졌다고 생각하지요. 그런데 그는 그냥 심학규의 효성스러운 '딸자식'만은 아니에요. 아버지가 부성애를 다해 심청이 어느 정도 자란 뒤, 그 뒤로는 심청이 한 집안의 어머니가 된 것처럼 억척스럽게 허드렛일을 해 집안 살림을 꾸려 나갑니다. 자신의 노동으로, 자신이 곁에 없으면 도저히 살아갈 수 없는 아버지를 모십니다. 이는 단순히 부모를 봉양하는 차원을 넘어섭니다. 도와주는 사람이 없으면, 돌보는 사람이 없으면 살아가기 힘든 사람은 거의 아이에 가까운 존재란 말입니다.

자신이 처한 상황에서, 아버지를 돌보는 심청의 행동은 양육, 곧 아이를 기르는 차원의 행동입니다. 이쯤 되면 이제는 부성애와 모성애가 뒤집어졌다고 볼 수 있습니다. 심학규가 젖동냥을 해서 또 밥을 빌어다 심청을 키울 때를 지나, 심청이 일을 해 심학규를 먹이게 된 시점부터는 부모 대 자식 관계가 뒤집혔다고 해야 할 것입니다.

무엇보다 심청은 스스로 어려운 길을 선택한 인물입니다. 심청의 '효'가 여느 '효'에 지나지 않는다면 그저 시각장애인이어

서 노동할 능력이 없는 아버지의 일상생활을 돕고, 헐벗지 않게, 굶지 않게만 하면 그만입니다. 실제로 심청에게는 자신도 편히 살고, 아버지도 편히 모실 기회가 있었습니다. 바로 높은 벼슬아치 집안 승상[3] 부인과의 만남입니다.

"승상이 일찍 세상을 떠나시고 (중략) 나는 적적한 빈방에서 촛불과 책을 벗 삼아 살고 있다. 네가 내 수양딸이 되면 살림도 가르치고 글공부도 시켜 친딸같이 기르고 싶구나. 나도 말년에 자식 키우는 재미를 보려 하는데, 네 뜻이 어떠냐?"

심청이 일어나 두 번 절하고 담담히 대답했다.

"태어난 지 이레가 되지 않아 어머니가 세상을 버리시고, 눈 어두운 아버지가 동냥젖 얻어먹여 겨우 살았습니다. (중략) 낳아서 길러 주신 부모님 은혜는 사람이라면 누구나 받는 바이지만, 제게는 더욱 남다른 데가 있습니다. 제가 아버지를 어머니 겸 모시고, 아버지는 저를 아들 겸 믿습

3 승상 원래는 황제를 보좌하는 중국 최고의 벼슬자리이지만, 조선 사람들은 정승 자리도 흔히 승상이라 함.

니다. 아버지가 아니었다면 제가 이제까지 살아서 이 세상에 있겠습니까? 만일 제가 없다면 아버지가 천수를 누릴 길이 없습니다. 애틋한 정으로 서로 의지하여 제 몸이 다하도록 길이 모시려 합니다."

_본문에서

남편이 죽고 홀로 자식들을 키워 낸 뒤 쓸쓸하게 살아가는 장승상 부인은 심청을 수양딸[4]로 삼으려 합니다. 심청에게 "너를 참한 규수[5]로 키워 시집까지 보내 주마" 하면서 점잖게 설득합니다. 점잖기는 하지만 심청에게는 홀로 살아갈 수 없는 눈먼 아버지가 있다는 점을 돌아보지 못한 설득입니다.

아무튼 승상댁 수양딸이라면, 곧 최고 명문가 아씨가 된다는 말입니다. 하지만 심청은 '아버지 봉양은 온전히 내 몫'이라며 이를 단호히 뿌리칩니다. 내 운명은 내가 선택해 받아들이고, 내 의지로 감당하겠다, 이런 의지가 뒷받침되지 않는다면 불가능한 결정입니다.

---

4 수양딸 남의 자식을 데려다가 제 자식처럼 기른 딸.

5 규수 남의 집 처녀를 정중하게 이르는 말.

심청이 인당수를 향해 떠날 때의 행동과 태도와 마음가짐도 그런 점에서 다시 살펴야 합니다. 심청은 가난한 집과 불구인 아버지가 지겹고 싫어서 집을 나간 인물이 아닙니다. 세상의 평판 때문에, 효녀로 인정받기 위해 억지로 아버지 옆에 있다가 자신의 처지를 모면하겠다고 길을 나선 인물이 아닙니다.

'효'라는 것은 부모와 자식 간의 수직적인 관계를 바탕으로 생겨난 윤리입니다. 하지만 심청은 그런 도식적인 관계에 얽매여 있지 않습니다. 옛날 사람들이 단순히 '효'라고 설명했지만, 심청에게는 '효'에 따라붙는 '공손한 마음가짐', '고분고분한 태도' 따위와 확연히 다른 모습과 마음가짐이 있습니다.

오늘을 살아도, 다른 차원을 바라 죽어도 내 선택입니다. 여기다 앞서 본 패러디처럼 '어리석음', '무언가를 노린 거짓', '자포자기' 들을 가져다 붙이고 그만이다? 심청의 행동과 마음을 오로지 닳고 닳은 효행만으로 알고 더 이상 깊이 읽지 못하는 태도와 한길 아닌가요?

누추함에서 고귀함으로

문학예술에서는 처절한 삶을 오로지 자신의 힘으로 감당해 내려고 하는 인물을 '고귀한 인물'이라고 합니다. 또 이들의 삶이 불러일으키는 감동적인 충격을 '비장미'라고 합니다.

누추한 현실에 굴하지 않고 당당히 맞서는 사람. 눈물겨운 실패에도 굳센 의지를 보이는 사람. 이들의 삶을 들여다보고 있노라면 슬픔과 함께 감동을 느끼게 마련입니다. 심청의 삶에서도 이런 비장미가 두드러집니다. 일상생활 속 심청은 동냥이나 허드렛일로 먹고사는 시각장애인의 딸에 지나지 않습니다. 하지만 심청은 오로지 자신의 힘으로 모진 운명과 한판 대결을 벌입니다. 대단한 깃발을 내건 적 없습니다. 세상에 자신의 삶을 광고한 적 없습니다. 그러면서도 내 삶을 살아가는 나의 단단한 결심과 행동만으로, 누추한 일상을 비장미가 펼쳐지는 공간으로 바꿉니다.

옛날 독자들은 장애인의 딸이며 가난하기 이를 데 없는 심청이 어떻게 모진 고난을 헤쳐 나갈 것인지 온 관심을 집중했을 거예요. 심청을 끝없이 응원하며, 처절한 현실을 꿋꿋이 이겨 내길 간절히 바랐겠지요. 눈먼 아버지에게 도리를 다하고, 고생

을 마다하지 않은 심청이 다행히 근사한 남자라도 만나 세상이 부러워할 만한 혼인을 올린다면 그것만으로도 박수를 쳤을 테지요. 그런데 이야기의 결론은 그쯤을 훌쩍 뛰어넘습니다.

심청은 사납고도 차가운 바다, 인당수에 뛰어들고도 살아납니다. 옥황상제의 명에 따라 연꽃을 타고 이승으로 되돌아온 뒤에는 황제와 혼인해 황후가 되고요. 태어나면서부터 시작된 고난과 불행에도 흔들리지 않고, 자신을 낳고 거둔 피붙이를 거꾸로 거둔 심청, 어린 몸으로 죽음을 무릅쓰고 비장미를 펼쳐 낸 심청의 발걸음이 어느덧 독자를 별천지로 이끕니다.

그 세계는 불쌍한 소녀가 옥황상제와 용왕의 예우를 받아 환생해 이 세상으로 돌아올 정도로 환상적이고, 가난한 시각장애인의 딸이 황제와 결혼식을 이룰 만큼 어마어마하지요. 옛날 독자들은 과연 『심청전』을 '한 소녀의 숭고한 효행 이야기'로만 읽었을까요?

오늘날의 독자에게

오늘날 많은 사람들이 오로지 '딸이 아버지를 위해 인당수

에 몸을 던졌다'라는 줄거리에 매달려 『심청전』을 평가하려고 듭니다. 심청더러 효녀네, 아니네, 잘했네, 잘못했네 하고 끊임없이 따지려 드는 것도 이 때문이지요. 앞서 소개한 패러디도 『심청전』의 뼈대, 그것도 아주 앙상한 뼈대만을 붙잡고 늘어져 만든 이야기이지요. 하지만 작품 안으로 들어가 다시 깊이 읽어 보니 어떻습니까. 심청은 때로는 어머니 같은 면모를 보이기도 하고, 자기 운명을 기꺼이 감당하려는 당당한 선택을 하기도 하고, '고귀한 인물'이 자아내는 '비장미'의 세계를 펼치기도 합니다. 여기에 이르면 『심청전』이 '효'만을 담은 이야기도 아니고, 심청이 '효녀'라는 낡은 틀만으로 평가할 수 없는 인물이라는 점이 드러날 것입니다.

물론 그토록 끔찍한 패러디를 만들어 낸 독자들의 심정도 충분히 이해가 됩니다. 오늘날 독자들이 보기에 심청은 가난한 소녀 가장입니다. 나면서부터 어머니를 여의고, 커서는 장애인 아버지의 생계까지 떠맡지요. 오늘날 현실에 비추어 생각해 보세요. 지금 한국 사회에서 가난한 소녀 가장이 고단한 현실을 극복할 수 있는 기회가 얼마나 될까요? 그들도 열심히 산다면 심청과 같은 행운이나 보상이 찾아올까요?

선뜻 '그렇다'라고 할 순 없을 거예요. 물에 빠진 사람이 되

살아나고, 계급을 뛰어넘는 결혼으로 신분 상승하고, 보이지 않던 눈이 뜨여 하루아침에 빛을 보는 일은 그야말로 꿈같은 소리죠. 앞서 본 패러디는 독자들이 현실을 어떻게 받아들이고 있는지 보여 줍니다. 현실에서 『심청전』 같은 기적은 절대로 일어나지 않는다는 것이지요.

판소리계 소설은 오랜 기간에 걸쳐 여러 사람의 손을 타고 입에 오르내리며 조금씩 변화하며 자리 잡은 문학입니다. 독자들은 자신의 바람이나 해석에 따라 끊임없이 작품에 살을 붙이고, 이야기의 흐름을 조금씩 바꾸어 왔지요. 그렇게 해서 만들어진 『심청전』의 판본도 수십 개가 있는데, 하물며 오늘날 독자들이 심청을 바라보는 시각은 또 얼마나 다양하겠어요. 초현실적인 세계를 빌려서라도 죽은 심청을 살려 내고픈 마음이 옛 독자들의 심정이었다면, 오늘날 독자들이 보기에 소녀의 일방적인 희생은 그 자체로 용납할 수 없는 끔찍한 일이었나 봅니다. 하지만 옛 독자와 오늘날 독자 사이에 벌어진 이 틈은 서로 다른 시각과 입장의 차이가 변하지 않고 붙박이로 달라붙은 공간이 아닙니다.

이 틈을 발판 삼아 새로운 『심청전』이 몇 번이고, 몇 가지고 만들어지고 있으니까요. 방금 전에 살펴본 몇 마디의 패러디뿐

만이 아닙니다. 심청의 이야기는 오페라[6], 희곡[7], 소설[8]로 끊임 없이 새롭게 탄생하고 있습니다. 부디 이런 점을 염두에 두고, 다시 한 번 『심청전』 속으로 들어가길 바랍니다.

끝으로 참고한 자료를 밝힙니다. 『심청전』을 오늘날의 한국어로 다듬어 쓰면서, 남아 있는 『심청전』 가운데 그 내용이 풍부한 완판본 『심청전』을 바탕으로 삼았습니다. 극적인 순간과 대화 장면을 살릴 때는 1976년 성우향 명창의 국립극장 판소리 〈심청가〉 공연 및 녹음 대본, 그리고 1991년 방성춘 명창의 국립극장 판소리 〈심청가〉 공연 대본을 참고했습니다.

2014년 겨울

고영

6 오페라 윤이상의 〈심청〉 등이 있다.

7 희곡 최인훈의 『달아 달아 밝은 달아』 등이 있다.

8 소설 황석영의 『심청』 등이 있다.

차례 |

【 오늘의 한국어로 다듬은 심청전 】

오늘의 한국어로 다듬은 심청전

금이야 옥이야, 어허둥둥

저 별이 내려왔나,

은하수가 내게 왔나

옛날 황주 도화동이란 곳에 앞 못 보는 심학규라는 사람이 살았다. 동네에서는 눈먼 심학규를 일러 '심봉사'라 부르곤 했다. 심학규는 원래 대대로 벼슬을 한 명문가 자제였으나, 집안 형편이 기울다 그가 스무 살이 되기 전에 눈까지 멀게 됐다. 이렇게 해서 공붓길도 막히고 벼슬길을 바라볼 희망도 사라졌다. 집안이 기울고 나서는 친척과도 친구와도 멀어졌으니 오로지 시골에 처박혀 있는지 없는지 모르게 살아갈 뿐이었다. 행동거지와 마음 씀씀이만큼은 깨끗하고 올곧아서 그 동네 사람들은 심학규를 점잖은 사람으로 여겼다.

아내 곽씨는 어질고 지혜로운데다가 고전을 두루 읽은 교양 있는 여성이었다. 이웃에게는 친절하고, 아랫사람은 잘 거두어 주었으며 살림하는 솜씨도 빼어났다. 비록 물려받은 재산 하나 없이, 밭 한 뙈기 없이, 변변찮은 세간이 오히려 휑한 느낌만 더하는 집 한 칸에 의지해 살았지만, 곽씨는 부잣집 마나

님을 부러워한 적이 없었고, 내 것 아닌 재물을 탐낸 적도 없었다. 곽씨는 몸소 품을 팔아 눈먼 남편을 돌보고 살림을 꾸려갔다.

맨주먹으로 집안을 돌보자니 곽씨는 쉴 틈이 없었다. 도포·바지·저고리·치마·쌈지·주머니·버선·이불·베개 바느질과 의복이며 침구 꾸미는 수놓기가 봄·여름·가을·겨울 철철이 돌아왔다. 비단 짜기, 베 짜기는 그때그때의 큰일이었다. 혼인과 장례와 잔치에도 빠지지 않고 나가 품을 팔았다. 일 년 내내가 일하는 날이었다.

어진 아내와 연을 맺고, 어려운 살림 속에서도 금슬 좋게 살아가니 심학규는 나날이 행복했다. 다만 부부가 중년이 되어서도 자식이 없음은 크나큰 걱정이었다. 하루는 심봉사가 말했다.

"여보, 마누라."

"네."

"세상에 수많은 부부가 살아가지만, 나는 전생에 무슨 은혜를 입어서 마누라와 함께 살게 됐을까! 앞 못 보는 나를 위해 쉬지도 못하고, 밤낮으로 벌어다가 어린아이 받들듯이, 배고플까, 추울까, 옷이며 밥이며 이리 극진히 대하니 내 몸만큼은 편

하다고 하겠지만 이내 마음은 불편하오. 마누라 고생을 내가 어찌 모르겠소? 이제 나한테만 너무 마음 쓰지 말고 마누라도 좀 쉴 틈을 내 보오. 다만 아직 우리 슬하에 자식이 없으니 앞으로 우리 죽어서 제사는 누가 받들 것이며, 조상님은 무슨 면목으로 뵈올지. 이제라도 하늘에 빌면 좋은 소식이 있을지 모르니 산으로 절로 다니며 정성을 다해 봅시다."

곽씨도 고개를 끄덕였다.

"자식 두고 싶은 마음은 저야말로 밤낮으로 간절하오. 집안 형편이 어려워 엄두를 내지 못하고 있었는데, 우리 생각이 이렇게 맞으니 지성으로 빌어 봅시다."

부부는 없는 살림 중에 얼마간 재물을 기울여 온갖 공을 다 들였다. 산으로 절로 성황당으로 부처님 앞으로 온갖 신령 앞으로 나아가 자식 하나 얻게 해 달라고 극진히 빌었다. 공든 탑이 무너지랴, 심은 나무가 꺾어지랴.

이렇게 간절히 자식을 바라던 어느 날 곽씨가 꿈을 꾸었다. 상서로운 기운이 공중에 어리고 무지개가 영롱한 가운데 한 선녀가 색동옷 입고 화관을 쓰고 학을 타고 하늘에서 내려오는 게 아닌가. 곽씨가 그 기이한 광경에 놀라 어안이 벙벙한데 선녀가 빙긋 웃더니 와락 곽씨 품에 안기며 외쳤다.

"부처님께서 부인의 집으로 가라 하셨습니다!"

곽씨는 놀라 깨어났다. 그러고는 바로 남편을 찾았다.

"방금 이런저런 꿈을 꾸었어요."

심학규 또한 깜짝 놀랐다.

"나도 똑같은 꿈을 꾸었어요!"

과연 그 달부터 곽씨의 배가 부르기 시작했다. 곽씨는 더욱 마음을 바르게 하고, 바르지 않은 자리에는 앉지 않고, 깨끗하지 않은 음식은 먹지 않으며, 나쁜 소리 듣지 않고, 나쁜 모습 보지 않았다. 그렇게 조심하며 아이를 기다려 열 달이 되니 이윽고 소식이 있었다.

"애고 배야, 애고 허리야!"

심학규가 한편으로는 반갑고 한편으로는 놀라 급히 소반에 깨끗한 물 한 사발을 차리고 꿇어앉았다.

"비나이다, 비나이다. 우리 부부 늘그막에 찾아온 아이입니다. 부디 아이고 엄마고 아무 탈 없이, 순산하게 도와주소서."

부부가 마음 다지고, 서로 돕고, 고생고생한 끝에 아이를 낳고 보니 딸이었다.

"아들 낳기를 바랐는데……."

아내의 말끝에서 서운해 하는 기색을 느낀 심학규는 진심으

로 위로했다.

“마누라, 그런 말일랑 마오. 무엇보다 아이고 엄마고 탈이 없소. 잘 키운 딸자식을 아들과 바꾸겠소. 고이 길러 숙녀로 자라나면 그보다 더한 즐거움이 어디 있겠어요?”

심학규는 아이와 어머니의 무사를 빌던 그 마음을 다시 한 번 모아 하늘에 빌었다.

“비나이다, 비나이다. 해님, 달님, 별님, 온갖 신령과 부처님! 쉰 가까운 날에 생긴 아이가 이렇게 세상에 나왔습니다. 세상에 하나뿐인 무남독녀가 길이 제 삶을 이어 가게 해 주십시오. 부디 복을 내려 주시어 잔병일랑 모르고 쑥쑥 크게 해 주옵소서.”

아버지 심학규는 신이 났다. 곽씨가 미역국을 먹는 동안, 아이를 어르는 심학규 입에서는 절로 노래가 새 나왔다.

금동아 옥동아, 어허허 내 딸아.

어허둥둥 내 딸아.

금이야 옥이야, 어허둥둥 내 딸아.

저 별이 내려왔나, 은하수가 내게 왔나.

세상 어디에 너만 한 보물 또 있느냐.

어디 갔다 이제 왔나.

어허둥둥 내 딸아.

부부는 아이를 애지중지 키우기 시작했다. 세상에 태어난 뒤, 서로 부부의 연을 맺은 뒤 처음 맛보는 기쁨이었다.

【이야기 너머】

이름에 숨은 비밀

르네 웰렉René Wellek이라는 유명한 문학 이론가가 있습니다. 웰렉에 따르면 등장인물의 이름은 그 인물의 성격을 단박에 드러내는 요소라고 합니다. 또한 이름이 인물에게 생동감에다 개성까지 부여한다고 설명합니다. 나아가 그 인물의 등장에 따른 이야기 흐름과 분위기에도 큰 영향을 끼친다고 부연합니다.

예를 들어 볼까요? 작은 규칙 하나하나를 고지식하게 지키는 수학자 이름은 '방정식', 상식 밖의 행동을 일삼는 인물 이름은 '이상해', 높은 실적을 올리는 회사원은 '우수한'. 더 말하지 않아도 감을 잡으셨을 테죠. 소설뿐이 아닙니다. 만화에서도 영화에서도 텔레비전 연속극에서도 게임에

서도 이러한 이름 짓기의 예를 얼마든지 볼 수 있지요.

방정식, 이상해, 우수한 등의 예는 굉장히 노골적인 편입니다. 이에 견주어 한 바퀴 빙 둘러, 인물의 개성과 소설의 분위기를 은근히 드러내는 이름도 있습니다. 『심청전』의 두 인물 심청과 심학규가 그 좋은 예입니다.

심청沈清. 심씨 집안 따님이니 '심'씨지요. 이름에 쓴 한자 '清'은 '맑음', '맑고 깨끗함'을 뜻합니다. 심청의 행동과 마음은 소설의 처음부터 끝까지 맑고 깨끗합니다. 결국에는 부녀간의 슬픔도, 아버지의 장애도 '깨끗하게' 해소하고요. 인물의 성격과 주제가 나란한 이름이군요.

심학규의 이름도 풀어 볼까요. 한자로는 '鶴奎'입니다. 여기서 '鶴'은 고고한 삶을 상징합니다. '奎'는 문화의 융성, 또는 글재주 높은 문인의 영예로운 삶을 상징합니다. 자손이 고귀한 생애를 보내기를, 문화의 융성에 이바지해 영예를 누리기를 바라는 어버이의 마음이 담겨 있는 이름이지요. 또는 '奎'를 '圭'로 쓴 판본도 있는데요, '圭' 또한 고귀함을 상징하는 뜻을 지녔으니, 서로 통하는 글자입니다.

이는 전형적인 양반가의 이름입니다. 앞서 심학규를 "명문가 자제"라고

했잖아요. 명문가 자제 심학규. 개똥이, 꺽정이, 마당쇠가 아니라, 학규.

심학규는 신체의 장애 때문에 몰락할 수밖에 없으며, 명문가의 체면을 지키기 어렵습니다. 그런데 심학규라는 점잖고 기품 있는 이름이, 도리어 한 인물의 얄궂은 운명을 역설적으로, 더욱 선명하게 드러내는 듯합니다.

열네 살에 다시 보는 우리 고전

오늘의 입으로 풀어보고
오늘의 눈으로 바라보고
반갑다, 우리 고전

고영 글, 이윤엽 그림

아이들은 우리 고전의 언어를 접할 때 외계어로 여긴다. 분명 한글로 적혀 있는데도 낯선 고어古語와 고사故事 앞에서 고개를 절레절레 흔들며 마음 먼저 닫아 버린다. 이 책은 엉킨 실타래로 보이던 고전의 언어를 한 땀 한 땀 정성스럽고 아름답게 우리말로 풀어서 학생들이 우리 옛 소설의 속살을 직접 만날 수 있도록 안내하고 있다. 우리 고전문학에 대한 애정과 그것을 가르치는 사명을 지닌 국어교사로서 이 시리즈의 탄생이 참 반갑고 어여쁘다.

최해실(광명 광문고등학교 교사)

① 샛별 같은 눈을 감고 치마폭을 무릅쓰고

심청전

142×210 | 176쪽 | 컬러 | 11,000원

여기 누구나 알지만 아무도 알아보지 못한 한 소녀가 있습니다. 저자는 '효녀'라는 쓰개 속에 가려진 심청의 진짜 모습을 돌아봅니다. "심청은 오로지 자신의 힘으로 모진 운명과 한판 대결을 벌입니다. 내 삶을 살아가는 나의 단단한 결심과 행동만으로, 누추한 일상을 비장미가 펼쳐지는 공간으로 바꿉니다."

② 장화홍련전(근간)

탁월한 예술작품은 언제나 시대를 반영하고 현실을 비틀어 왔습니다. 이를 염두에 둔다면 원한 많은 처녀귀신 이야기 정도로 들어 넘겼던 『장화홍련전』에서 보다 많은 것을 발견할 수 있지 않을까요? 저자는 행간에 파고든 가부장 권력의 모순과 무능을 읽어 내며 우리가 무심코 지나친 서늘한 풍경을 복기합니다.

③ 춘향전(근간)

『춘향전』 역시 수많은 멜로드라마처럼 '만났다, 사랑했다, 그런데……'라는 이야기 공식을 따릅니다. 다만 춘향의 '그런데'는 당대를 부정할 만한 담대한 반전으로 달려 나갑니다. 저자는 지배 계층이 전파했던 고결한 열녀 의식과 신분 질서를 사정없이 패대기친 파격적 주인공, 춘향의 이야기를 느리고 깊게 다시 읽어 보자고 권합니다.

④ 토끼전(근간)

⑤ 흥부전(근간)

열네 살에 다시 보는 우리 고전 고영 글, 이윤엽 그림

북멘토 청소년문학선 바다로 간 달팽이

001 난 아프지 않아 이병승·김도연·이경혜·구경미·권정현·변소영 지음
아픈 십 대를 위한 위로와 희망의 여섯 빛깔 스토리
★2012 대한출판문화협회 선정 올해의 청소년도서 ★2012 책따세 선정 여름방학 추천도서
★2012 국립어린이청소년도서관 사서추천도서 ★2013 아침독서 추천도서

002 비보이 스캔들 한정영 지음
죽은 친구가 남긴 흔적을 좇는 서로 다른 여섯 개의 시선
★2013 아침독서 추천도서

003 소녀 앙겔리카 클뤼센도르프 지음 | 이기숙 옮김
"괴롭고도 매혹적인" 독일 현대 성장소설의 걸작!
★2011 독일 북프라이스 최종 후보작

004 넌 아직 몰라도 돼 신지영 지음 | 박건웅 그림
세상의 모든 청소년을 위한 아주 특별한 시집
★2013 한국문화예술위원회 선정 우수문학도서

005 이태원 아이들 데이비드 L. 메스 지음 | 정미현 옮김
이태원에서 뉴욕으로 이어지는 한 흑인 혼혈 소년의 휴먼 로드 픽션

006 마음이 사는 집 최모림 지음
탈북 소년의 담담한 일상이 펼쳐 보이는 '가족'의 의미
★2013 문화체육관광부 선정 우수교양도서

007 프렌즈 신지영 지음
청소년기 최고 이슈 '친구'를 테마로 한 판타스틱 픽션
★2013 한국문화예술위원회 선정 우수문학도서

008 밤을 달리는 스파이들 사카키 쓰카사 지음 | 김미영 옮김
네 명의 천문반 아이들이 들려주는 비밀스럽고 따뜻하고 맛있는 이야기

009 벌레들 강기희·이성아·홍명진·최용탁·신혜진·이시백·이순원 지음
동학에서 광화문 촛불까지… 한국 근현대사의 순간들을 소설로 만나다

010 비단길 장정옥 지음
아비 잃은 누에치기 소년과 시대를 앞선 반역자 정약종의 뜨거운 우정
★2014 세종도서 문학나눔 선정도서

011 이방인을 보았다 구경미 지음
어느 고독한 죽음의 진실을 찾아 나선 악동들의 자발적 생고생 수사보고서

012 이히 리베 디히 변소영 지음
피부색도 언어도 다른 사람들이 서로에게 거는 마법 같은 고백

013 안드로메다 소녀 김도언, 김유철, 김해원, 박영란, 전건우, 정명섭, 주원규 지음
'샌드위치 속 구겨진 양상추 같은' 1318, 우리들의 성과 사랑

곽씨는 먼저 돌아가고

밤 하나 남은 것은
하얗게 껍질 벗겨,
너하고 나하고 둘이 먹자

곽씨는 편히 쉴 수가 없었다. 배 속에서 아이가 자라는 동안 모아 두었던 돈과 양식이 금세 사라졌다. 곽씨는 아이를 낳고 이레도 채 못 쉬고 품을 팔러 다녔다. 그러다 바깥바람을 많이 쐬어 그만 탈이 나고 말았다.

"아이고 배야, 머리야! 가슴은 왜 이리 아픈가, 다리는 왜 이리 아픈가."

영문도 모른 채, 곽씨의 온몸은 갈수록 아파 왔다. 심학규는 다만 아내가 아프다는 대로 몸을 주무르며 걱정할 뿐이었다.

"어디가 아프오? 아픈 데를 말해 보오!"

병세는 점점 위중해졌다. 차도가 보이지 않았다. 건넛마을로 찾아가 용하다는 의원을 모셔 와 보기도 하고, 잘 듣는다는 약을 구해 보기도 했지만 도무지 효험이 없었다. 아이를 점지해 준 천지신령은 이번에는 심학규의 간절한 기도를 들어주지 않았다. 곽씨의 병은 점점 깊어졌고, 어느새 아이 낳은 지 스무이

레 되던 날, 곽씨는 이제 자신의 명이 다했다고 여겨 유언을 준비했다.

"내 말 좀 들어 봐요! 휴……."

한마디 마치자 한숨부터 새 나왔다.

"우리 둘이 서로 만나서 길이 함께하길 바랐잖아요. 나는 앞 못 보는 가장에게 소홀히 하지 않으려고 한다고 해 왔어요. 나야 식은 밥 먹을지언정 가장에게는 더운 밥 먹이겠다고 아등바등 살아왔어요. 가장이 배고프고 춥지 않도록 살아왔어요. 그런데 우리 인연이 여기까지인 모양입니다. 인연이란 것도 이리 하릴없게 되었군요."

곽씨는 숨이 찼다.

"목숨이야 하늘에 달렸으니 누굴 원망하겠어요. 하지만 혼자될 서방님과 아이 때문에 눈감기가 어려워요. 나 없으면 아무것도 못 할 우리 서방님, 옷은 누가 깁고 밥은 누가 해 줘요. 밖에 나가 다닐 때에, 저기 구덩이오, 저기 돌부리오, 누가 일러 주나요. 이제 내가 해 준 밥이 아니라 남의 집에서 빌어먹는 밥을 드셔야 하나요? 아, 하늘에 빌고 또 빌어 나은 내 새끼 젖 한번 제대로 못 물리고 떠나다니! 어미 없는 어린것이 누구 젖을 먹고 자랄까!"

곽씨는 크게 숨을 들이마시고 뱉었다.

"서방님, 저 건너 이씨네에 맡긴 돈 열 냥 찾아다 내 초상 치를 때 써요. 광 안의 양식이 나 죽고 나서 혼자라면 한 보름은 먹으리다. 진씨네 관복에 수놓던 거 다 못 하고 잘 싸서 농에 넣어 뒀어요. 진씨네서 사람 오면 꼭 돌려주세요. 귀덕 어미는 나랑 정말 친한 사이예요. 이 아이 안고 가서 젖 먹여 달라고 하면 괄시는 하지 않을 겁니다. 아이가 천행으로 죽지 않고 자라거든 꼭 내 무덤에 데리고 와 줘요. 모녀지간에 인사는 해야지요. 참, 아이가 크면 내 가락지를 아이에게 주어요. 부디 아이가 맑고 깨끗하게 자라길 바랍니다. 아이 이름은, '청'이라 지어 주세요."

곽씨는 그제야 심학규와 잡은 손을 놓고 돌아누웠다. 어린아이를 잡아당겨 뺨을 비볐다.

"천지도 무심하고 귀신도 야속하다. 네가 진작 생기거나, 내가 좀 더 살거나! 내 젖이 이제 이걸로 마지막이겠지. 제발 얼른 자라렴. 부디 잘 크렴."

아이는 아무것도 모르고 엄마 품속으로만 파고드는데 곽씨는 깊은 잠에 빠져들듯 숨을 거두었다.

앞 못 보는 심학규는 아내가 잠에 빠진 줄로만 알았다. 심학

규는 약이라도 다시 써 볼 생각으로 자리에서 일어났다.

"내 금세 다녀오리다. 정말 잘 듣는 약이 있대요."

지팡이 앞세워 밖으로 나선 심학규는 구르고 자빠지며 동네 약방을 찾아갔다. 약을 지어 돌아와서는 손을 데어 가며 약을 달여, 약사발을 받쳐 들고 방 안으로 들어갔다.

"여보, 이 약 한 사발 듭시다. 약 드시오, 약 드시오, 그리 효험이 대단한 약이랍디다. 응, 어서!"

곽씨는 대답이 없었다. 손을 잡으니 싸늘하기만 했다. 심학규는 곽씨의 코밑에 손을 대 보았다. 숨 쉬는 기색을 전혀 느낄 수 없었다. 심학규는 푹 쓰러졌다.

"여보, 날 두고 정녕 간단 말이오? 에잇 이 잘난 약사발 대령한다고 불쌍한 내 마누라, 이 가련한 아이 엄마의 임종을 못 지켰네! 나와 한 약속이 함께 늙어 죽자더니, 황천길이 어디라고 날 버리고 떠난단 말인가. 저것까지 두고 떠난단 말인가. 그나마 나 다녀올 때까지 그새를 못 기다렸단 말인가, 이 사람아!"

방 안에서 통곡이 터졌다. 도화동 사람들이 이 소리를 듣고 모여들었다. 사람들이 남녀노소 없이 모여 눈물을 흘리며 말했다.

"저 어질고 착한 곽씨 부인이 불쌍히도 죽었구나."

"우리 동네가 백여 집 아닌가. 조금씩이라도 보태 장례나 치러 주세."

마을에서 수의와 관을 마련했다. 양지바른 묏자리도 찾았다. 그러고는 사흘 만에 상여가 나갔다.

땡그랑땡땡 땡그랑땡땡.

어화넘차 어화넘.

곽씨 부인 떠나가네.

어화넘차 어화넘.

착하게만 살던 곽씨 부인 늙지도 않아 떠나네.

어화넘차 어화넘.

북망산[1]이 멀다더니 건넛산이 그 산일세.

어화넘차 어화넘.

황천길[2]이 멀다더니 방문 밖이 황천일세.

어화넘차 어화넘.

황천수가 멀다더니 앞냇물이 그 물일세.

---

1 북망산 사람이 죽어 묻히는 곳. 공동묘지가 자리한 언덕.

2 황천길 사람이 죽어서 간다는 세상.

어화넘차 어화넘.

빈손으로 왔다가 빈손으로 가는구나.

어화넘차 어화넘.

뜬구름이로다, 뜬구름이야, 세상사가 뜬구름이야.

어화넘차 어화넘.

땡그랑땡땡 땡그랑땡땡.

선소리꾼이 요령을 울리며 상엿소리를 메기자 열두 명 상두꾼들이 다시 그 소리를 받았다.

심학규는 상여 뒤를 쫓아갔다. 어린아이는 강보에 싼 채 귀덕 어미가 안았다. 지팡이 이리저리 짚고, 상여 나가는 대로, 쫓아가며 슬피 울부짖었다.

"마누라, 내가 죽고 마누라가 살아야 어린 자식 살려 내지. 몹쓸 마누라, 그대 이렇게 가면 세상 난 지 이레 된 어린 자식을 앞 못 보는 내가 어찌 키운단 말이오. 애고애고!"

마을 사람 도움으로 곽씨는 예를 갖춰 안장했다. 곧 봉분을 이루고 제사를 지내는데 심학규가 서러운 심정으로 제문을 쓰고 읽었다.

아아, 부인이여, 아아, 부인이여.
당신은 비할 데 없는 숙녀였다오.
죽을 때까지 함께하자 기약만 하고
이리 급히 떠나다니요.
이 아이 남겨 두고 깊은 산에 묻혀 자는 듯 눕다니요.
이승과 저승은 영영 다른 세상이라.
이렇게 갈렸으니 그 누가 나를 위로하리오.
남은 나의 한도 한이지만
이렇게 떠난 그대의 한은 또 어떻겠소.
이제 변변찮은 제사상이나마 차려 올리니
그대 부디 많이 들고 돌아가오.

제문 읽기를 마친 심학규는 실성한 사람처럼 울며 소리를 질렀다.

"날 버리고 떠난 마누라, 황천으로 갔단 말이지? 황천길 잘 아는 이 있으면 내게도 길 좀 일러 주오!"

동네 사람들이 다가와 위로했다.

"이보우, 심봉사, 죽은 사람은 다시 돌아올 수 없소!"

"언제까지 슬퍼만 할 테요, 이러고 있으면 아이는 어쩌오?"

"저 아이 생각해서 이제 그만 진정하시오."

사람들은 이제 그만 돌아가자고 등을 두드렸다. 심학규는 도와주고 위로해 준 사람들에게 "고맙소 고맙소"를 연발하며 하릴없이 텅 빈 집으로 돌아왔다.

집이라고 들어가니 부엌이고 방이고 텅 빈 것만 같았다. 어린아이 데려다가 휑댕그렁한 빈방에 눕히고 보니 심학규는 미칠 것만 같았다. 벌떡 일어서 무심결에 이불도 만져 보고, 베개도 더듬거렸다. 농짝에 공연히 발길질을 하고, 곽씨 손때가 묻은 바느질 상자도 덥석 쥐었다 놓고, 곽씨가 머리 빗던 빗도 핑 던지고, 밥상도 더듬더듬 만지고, 부엌에 대고 곽씨에게 하듯 "거기 있는가?" 불러도 보았다.

며칠 동안 심학규는 곽씨가 이 세상에 없다는 사실을 자주 까먹었다. 이웃집에 가서는 "우리 마누라 여기 왔소?" 해서 이웃 사람을 놀래키기도 했다.

그러던 어느 날 심학규는 아이 울음소리에 정신이 번쩍 들었다.

"네 어머니 갔지? 너를 두고 갔지? 오늘은 어디서 젖을 얻어먹었더라? 내일은 뉘 집에 가 젖을 얻어먹을까?"

슬픔에 빠져 있던 심학규는 배고파 우는 아이를 바라보며 마음을 돌렸다.

“죽은 사람은 다시 살아올 수 없는 법. 이 세상에 남은 하나뿐인 이 아이를 잘 키우리라!”

그러나 젖동냥은 쉽지 않았다. 어린아이 있는 집을 차례로 찾아가 동냥젖을 얻어먹이는데, 눈은 어두워 보지 못하고, 귀는 밝아 눈치로 가늠하고 앉았다가, 아침 해 돋을 즈음 우물가로 나가 아낙네들이 모여 있는 곳으로 무턱대고 나서는 것이었다.

“여보시오, 아주머님, 여보시오, 이 아이 좀 보시오. 이 불쌍한 아기 젖 좀 먹여 주오. 댁네 귀하신 아기 먹이고 남은 젖 조금만 먹여 주오.”

눈먼 아비가 어린아이 안고 젖동냥 나서는 광경을 본 그 누가 모른 체하랴. 심학규는 우물가도 찾아가고, 김매다 쉬는 데도 찾아가고, 빨래터도 찾아가 젖을 나누어 줄 아낙을 찾았다. 찾아가면 내 새끼 거두듯 먹이는 부인도 있고, 다음에 또 오라는 부인도 있고, 젖이 모자라 미안해 하는 부인도 있었다. 젖 못 먹여 미안한 부인은 돈을 보태 주기도 하고, 돈도 없는 집 부인은 쌀 한 바가지라도 퍼 주었다.

사람들 인정 덕분에 젖을 얻어먹은 아기의 배가 볼록해지면,

심학규는 양지바른 언덕 밑에 앉아 아기를 얼렀다.

둥둥 내 딸이야, 어화둥둥 내 딸이야.

이 덕이 뉘 덕이냐, 동네 사람들 덕이로구나.

어화둥둥 내 딸이야, 내 새끼지, 내 새끼.

둥둥 어화둥둥 내 새끼야, 배가 빵빵 불렀구나.

어려서 고생하면 나중에 잘산단다.

어서어서 자라나서 음전한 숙녀 되라.

엄마 닮은 숙녀 되라.

둥둥 어화둥둥 내 딸이야, 어화둥둥 내 딸이야.

슬슬 기어라, 쥐암쥐암, 곤지곤지,

엄마아빠, 도리도리, 얼럴럴럴럴파,

날 보고 웃는구나, 빵긋빵긋 웃는구나.

밤 한 줌 사다가 살강 밑에 두었더니,

머리 까만 생쥐가 들랑날랑 다 까 먹고,

밤 하나 남은 것은 하얗게 껍질 벗겨,

너하고 나하고 둘이 먹자, 어둥둥,

내 새끼야 둥둥, 어화둥둥 내 딸이야.

아이가 젖을 뗄 무렵, 심학규는 양반 체면이고 뭐고, 아주 작정을 하고 동냥질에 나섰다. 쌀 주면 쌀 받고, 나락 주면 나락 받고, 돈 주면 돈 받았다. 젊어서 한 글공부 밑천으로 사주도 보아 주고, 혼인날 이삿날도 잡아 주었다. 밥을 빈다, 잔돈푼이라도 벌겠다 하면서 남의 집이야 가게야 가리지 않고 다녔다.

돌아간 곽씨가 돌보는가, 하늘과 땅의 신령이 돕는가, 보살이 돕는가, 부처가 돕는가. 심청은 잔병 없이 자라 제 발로 거뜬히 걸어 다니게 됐다. 세월은 물 흐르듯 흘러 걷는가 하더니 어느덧 예닐곱 살이 됐다.

심청의 얼굴은 아름답고, 행동이 민첩하고, 효행이 뛰어나고, 판단력도 남달랐다. 어진 마음으로 밤낮으로 아버지를 돌보고, 때 되면 어머니 제사를 예를 다해 받드니 심청을 아는 사람치고 칭찬하지 않는 사람이 없었다.

【이야기 너머】

1800년대 인류의 평균 수명

슬프게도 곽씨 부인은 너무나 일찍 저세상으로 떠났습니다. 남편과 딸자식을 세상에 남기고. 이는 소설『심청전』이 태어나 널리 읽히던 조선 시대에 흔한 일이었습니다. 현대의학이 본격적으로 인류에게 퍼지기 전까지, 아이 낳는 순간은, 그 어머니의 사망 위험이 최고에 달하는 순간이었습니다. 아이를 낳고 난 뒤 얼마간도 온 가족이 조마조마하지요.

이는 예전에 전 인류가 일반적으로 겪은 일입니다. 곽씨 부인이 시름시름 앓기 시작하는 순간, 옛 독자는 불길한 예감에 휩싸이지 않을 수 없습니다. 이윽고 곽씨 부인이 돌아가는 장면에 이르면, 옛 독자 대부분이 이미 한 번쯤 겪은 산모의 죽음, 갓난아이와 엄마의 생이별 장면을 떠올리며

가슴이 찢어졌을 테고요.

의학사 연구자들에 따르면 조선이고 유럽이고 1800년대 인류의 평균 수명은 35세를 넘지 못했다고 합니다. 왜 그럴까요. 산모뿐 아니라 갓난아이와 어린아이의 사망률이 엄청나게 높았기 때문입니다. 현대의학이 본격적으로 발달하기 전까지, 태어난 아이 셋 가운데 하나는 네 살까지도 살지 못했고, 넷 가운데 하나는 첫돌조차 맞지 못하고 숨진 것으로 보입니다.

모녀의 기구한 사연과 만난 옛 독자의 마음은, 80세 넘는 평균수명을 바라보고 사는 오늘날의 한국인하고는 또 다른 데가 있을 거예요.

이레는 아비를 거두며

제가 아버지 모시기를
어머니 겸 모시고,
아버지는 저를 아들 겸 믿습니다

자라난 심청은 어느새 밖에서는 길잡이가 되어 아버지를 이끌어 주었다. 심학규는 이제 딸 심청을 지팡이 삼아 다녔다. 경사진 길 시작이오, 개천이 가로막혔소, 바로 앞이 움푹 팼소, 돌부리 조심하오 하는 딸자식 목소리를 들으니 함께 다니는 아버지도 방 안에 어린아이 두고 다니는 것보다 한결 안심이 되었다. 다니는 동안 한결 덜 고단했다.

심청은 돌아와서도 어미가 제 자식 거두듯 아비의 세숫물을 돌보고, 밥상을 돌보고, 잠자리를 돌보았다. 그러던 어느 날 심청이 아버지께 여쭈었다.

"까마귀 같은 미물도 저녁이면 먹을 것을 물어다 제 어미를 먹일 줄 안다고 들었습니다. 하물며 사람이 새짐승만 못하겠습니까? 눈 어두운 아버지, 동냥 나갔다 높은 데, 깊은 데, 좁은 길로 여기저기 다니다 엎어져도 다치실 테고 헛디뎌도 다치시겠지요. 비바람 부는 궂은 날, 눈서리 치는 추운 날에 바깥바

람 잘못 쐬면 어찌 아니 병이 날까요. 저는 밤낮으로 걱정입니다. 제 나이 예닐곱이 넘었습니다. 낳아서 길러 주신 아버지 은혜를 이제 갚지 못하면, 또 언제 갚는단 말입니까? 오늘부터는 부디 집을 지키십시오. 제가 나서 다니며 아버지 끼니 걱정을 덜겠습니다."

심학규가 웃으며 대답했다.

"네 말이 참으로 기특하구나. 딸자식이 아비를 이렇게 생각해 주니 기쁘다만, 어린 너를 내보내 밥을 받아먹는 아비 마음이 어찌 편하겠니? 다시는 그런 소리 마라."

심청이 다시 말했다.

"고생 마다 않고 쌀을 져다 부모를 봉양한 효자 이야기는 예부터 흔히 전해 내려옵니다. 효심이야 옛사람이 다르고, 지금 사람이 다르겠습니까."

안 된다, 된다 부녀지간에 말이 오갔으나 심학규는 딸에게 지지 않을 수 없었다.

"면목 없으나 기특하구나, 내 딸아! 그리하렴."

심청이 이날부터 밥 빌러 나섰다. 먼 산에 해 비치고 앞마을에 밥 짓는 연기가 나면 나갈 채비를 마쳤다. 헌 버선에라도 얌전하게 대님을 치고, 떨어진 치마며 떨어진 저고리라도 단정하게 입고, 구멍 난 신을 꿰고 이 집 저 집 다니며 부끄럼 없이 밥을 빌었다.

"저는 도화동 사는 심청이라고 합니다. 어머니는 세상 버리시고 우리 아버지 눈 어두워 앞을 못 보세요. 댁네 밥 한술 나누어 주시면 눈 어두운 우리 아버지 시장이라도 면할 테지요."

보고 듣는 사람들이 그 모습을 보고 밥 한술, 장 한 종지, 김치 한 그릇을 내주지 않은 적이 없었다. 새로 밥상을 차려 방안에서 먹고 가라고 하는 인정 많은 사람도 있었다. 그럴 때면 심청이 천 번 만 번 고마움을 표하며 대답했다.

"추운 방에 늙으신 아버지가 홀로 기다리고 계세요. 저 혼자 어찌 먹겠습니까? 어서 바삐 돌아가서 아버지와 함께 먹겠습니다."

돌아와서는 급히 아버지를 불렀다.

"아버지, 춥지는 않으셨어요? 시장하지 않으셨어요? 오래 기다리셨지요? 이 집 저 집 다니느라 늦었어요."

심학규는 심청의 기척이 나면, 눈 어두운 가운데서도 얼른 문을 펄쩍 열고 나갔다. 나가서는 딸의 손부터 덥석 잡았다.

"얘야, 손 시리겠구나!"

어린 딸자식의 곱은 손에 입김을 불고, 차디찬 발을 어루만

지다 보면 심학규 눈에는 어느새 눈물이 괴고, 입 밖으로는 자기도 모르게 끌끌 혀 차는 소리가 났다. 심학규는 딸자식한테 들릴세라 소리는 내지 못하고 속으로 탄식했다.

'불쌍한 네 어미, 애달픈 네 어미다. 제 새끼 떼 놓고 저리 일찍 세상을 버리더니, 이제 저세상에서 딸자식이 동냥 다니는 모습을 보고 있겠구나. 너를 시켜 밥을 빌어먹고 살다니, 휴, 모진 목숨이 아내를 먼저 보내고도 구차히 살아남아 자식에게 이 고생을 시키는구나.'

심청은 아버지의 심정을 꿰고나 있는 듯, 심학규를 방으로 모시며 말했다.

"아버지, 다른 생각 마세요. 자식이 부모를 봉양함은 세상의 떳떳한 이치이며, 사람의 당연한 도리입니다. 제발 그만 찌푸리시고 마음 좀 놓으세요. 여기 밥상 차려 왔습니다. 김치에 장뿐이지만 밥 한 그릇 넉넉합니다. 많이 잡수세요."

"오냐, 내 많이 먹으마, 너도 먹어라. 우리 같이 먹자."

빌어먹으며 한두 해를 보내니, 심청이 이제는 품을 팔 만큼 크고 머리도 꼈다. 어머니 곽씨로부터 물려받은 바느질 솜씨, 옷 짓는 솜씨, 수놓는 솜씨는 날로 늘어, 바늘을 잡으면 빌어먹는 신세를 면하고도 남을 노릇이었다.

심청의 바느질 솜씨를 아는 사람들은 가까운 데서도 먼 데서도 달려왔다. 큰일 앞두고 새로 옷을 짓거나, 추석이며 설 앞두고 빔을 마련할 때면 며칠이고 일 있는 집으로 다니며 옷 짓고 수놓아 품삯을 받아 왔다.

바느질 일감이 떨어지면, 남의 집 빨래도 해 주고, 반찬도 해 주고, 그래도 일이 없으면 다시 이웃에다 양식을 빌어서라도 집안을 꾸렸다. 어머니 곽씨가 살아생전에 살림을 돌보던 모습과 똑 한가지였다.

이렇게 고생고생하며 열 살을 지나 또 한 해, 또 몇 해 지나니 어느덧 심청이 열다섯 살이 되었다. 차차 처녀티가 나면서 효행은 말할 것도 없거니와 용모는 더욱 빼어나고, 행동이 침착하고, 마음씀씀이가 남달랐다. 보는 사람마다 타고난 성품이지 가르쳐서 될 일이 아니라며 칭찬하지 않는 이가 없었다. 어린 소녀지만 군자 소리를 들을 만하다는 말이 나고, 새로 치면 봉황이라는 소리가 들렸다.

이런 소문이 온 동네에 자자한 때, 하루는 도화동 저쪽 무릉촌 장승상 부인이 심부름꾼을 보내 심청을 불렀다. 심청이 아버지께 여쭈었다.

"아버지, 무릉촌 장승상 댁에서 저더러 잠깐 다녀가랍니다.

어쩔까요?"

"일이 있으니 불렀겠지. 점잖은 댁 어른이 함부로 사람을 찾겠니. 부르시니 다녀오렴."

"네, 아버지. 상을 보아 두었으니 제가 늦더라도 때 놓치지 말고 잡수십시오. 저 없는 동안 거동하실 때는 부디 조심하시고요."

물러나 심부름꾼을 따라 이웃 마을 장승상 댁에 도착하니, 과연 으리으리하기가 말로 다하기 어려울 지경이었다.

문 앞에는 버드나무가 '여기가 장승상 댁이오' 하듯 늘어서 있었다. 대문을 들어서니 왼편에는 푸른 솔에 오동나무가 늠름히 서 있고, 오른편에는 푸른 대밭이 깨끗했다. 안으로 들어가는 동안 바람이 문득 불자 늙은 소나무가 바람을 받아 일렁이는데 마치 용이 꿈틀하는 듯했다. 중문을 지나니 높은 지붕을 인 큰 건물이 여기저기 자리를 잡고 저택을 이루고 있었다. 그 집마다 누각마다 창문은 샐 수 없이 많이도 나 있고, 창이며 문에는 하나같이 아름다운 조각이 아로새겨 있었다. 잘 가꾼 정원은 그야말로 꽃동산을 이루고 있었다. 온갖 꽃이 피어 있는 가운데 새가 한가로이 짝지어 날고, 연못 속에는 금붕어가 노닐고 있었다.

심청이 넓디넓은 대문을 가로질러 중문도 지나서 더 깊이 들어가니, 마루에 한 부인이 앉아 있었다. 머리는 반쯤 셌고, 살결이 깨끗하며, 복성스럽고도 우아한 모습이었다. 옷차림은 사치스럽지 않되 기품이 있었다. 부인은 심청을 마루로 올라오게 했다. 그러더니 손을 쥐고 반가워하며 말했다.

"네가 심청이냐? 듣던 말과 같구나! 몸이 불편한 아버지를 모시고 산다고 들었다. 얼마나 고생이 많으냐?"

"이웃의 도움으로 자식이 아버지 모시는 당연한 도리를 지키고 살 수 있으니, 고생이랄 게 어디 있겠습니까?"

인사를 나누고 자리에 앉게 한 뒤 자세히 살펴보니, 별로 단장하지도 않았으나 심청은 타고난 미인이었다. 옷깃을 여미고 앉은 모습이 꼭 비 개인 맑은 시냇가에 목욕하고 앉은 제비가 사람 보고 놀라는 듯하고, 하늘 가운데 돋은 달 같은 피부가 빛나고, 샛별같이 빛나는 눈동자에 꽃빛 어린 두 뺨이 그야말로 꽃다웠다. 말을 나눌 때면 두 입술 사이로 가지런하고 흰 이가 언뜻언뜻 드러났다. 장승상 부인은 정답게 우스갯소리를 던졌다.

"우리가 아마 전생에 인연이 있었나 보다. 너도나도 선녀로 지내다가 잠깐 이 세상에 내려왔겠지. 그러다 너는 저 도화동

에서 나는 이 무릉촌에서 지내게 됐나 보다. 무릉촌에 내가 살고, 도화동에 네가 사니 이 세상에서 무릉에 도원[3]을 다시 이룰 모양이다."

그러고는 고쳐 앉으며 정색을 했다.

"네게 긴히 할 말이 있다. 승상이 일찍 세상을 떠나시고, 우리 집 삼형제는 한양 가 벼슬을 하고 있단다. 다른 자식도 손자도 없으니 이제 자식 키우는 재미가 내게서 떠나고 없다. 눈앞에도 말벗이 없으며, 며느리들도 아침저녁으로 문안이나 올린 뒤에는 다 저마다 할 일이 있으니, 나는 적적한 빈방에서 촛불과 책을 벗 삼아 살고 있다. 네가 내 수양딸이 되면 살림도 가르치고 글공부도 시켜 친딸같이 기르고 싶구나. 나도 말년에 자식 키우는 재미를 보려 하는데, 네 뜻이 어떠냐?"

심청이 일어나 두 번 절하고 담담히 대답했다.

"태어난 지 이레도 되지 않아 어머니가 세상을 버리시고, 눈 어두운 아버지가 동냥젖 얻어먹여 겨우 살았습니다. 저는 낳아 주신 어머니 얼굴도 모르고 살았습니다. 더할 수 없는 슬픔이

3 무릉도원 별천지, 이상향을 이르는 말. 옛 중국 무릉리에 살던 어부가 복숭아꽃 만발한 도원을 보고 왔다는 옛날이야기에서 유래했다.

끊일 날 없는 가운데, 어머니를 생각하며 아버지를 모셔 왔습니다. 이웃에서도 그런 저를 가련하게 여겨 주었습니다. 오늘 승상 부인께서 저의 미천함을 헤아리지 않으시고 딸로 삼는다 하시니, 어머니를 다시 뵌 듯 황송합니다. 마음속으로 감격하여 어쩔 줄을 모르겠습니다. 하지만 이는 아니 될 일입니다. 부인 말씀을 따르면 제 몸 하나는 영화롭고 부귀하겠지만, 눈 어두운 아버지 끼니는 누가 챙길 것이며, 때마다 옷은 누가 돌보겠습니까? 낳아서 길러 주신 부모님 은혜는 사람이라면 누구나 받는 바이지만, 제게는 더욱 남다른 데가 있습니다. 제가 아버지를 어머니 겸 모시고, 아버지는 저를 아들 겸 믿습니다. 아버지가 아니었다면 제가 이제까지 살아서 이 세상에 있겠습니까? 제가 없으면 아버지가 천수를 누릴 길이 없습니다. 애틋한 정으로 서로 의지하여 제 몸이 다하도록 길이 모시려 합니다."

말을 마친 심청의 얼굴이 눈물로 젖기 시작했다. 그 모습이 봄바람에 가는 빗방울이 복사꽃에 맺혔다가 점점이 떨어지는 듯했다. 부인 또한 감동하여 눈가에 눈물을 맺은 채 심청의 등을 어루만졌다.

"효녀로구나. 심청이 네가, 효녀로구나. 네 말이 맞다. 늙고 정신없는 내가 미처 생각지 못했다. 미안하고 미안하구나."

장승상 부인이 밥이나 먹고 가라며 심청의 손을 다시 잡았다. 한상 가득 진수성찬이 차려져 나오니, 음식 가운데는 심청이 난생처음 보는 것이 많았다. 부인이 손수 맛좋은 반찬을 심청에게 골라 주니 심청은 차마 사양하기가 어려웠으나, 진기한 음식을 먹으면서도 집에 홀로 계신 아버지가 떠올라 목이 자꾸 메었다. 어느새 날이 저무니 심청이 다시 공손히 여쭈었다.

"부인의 크신 덕을 입어 종일 편히 지냈습니다. 이제 날이 저물었으니 서둘러 돌아가 걱정하고 계신 아버지를 모셔야겠습니다."

장승상 부인은 더 이상 말리지 못했다. 아쉬운 마음을 달래며, 사람을 시켜 옷감과 양식을 넉넉히 챙겨 주었다.

"네가 부디 나를 잊지 않기 바란다. 언젠가 우리가 더 깊은 사이가 될 날이 온다면 이 늙은이가 다행으로 알겠다."

"부인의 어진 마음을 알겠습니다. 저 같은 하찮은 어린아이를 이리 따듯하게 품어 주시니 그 말씀을 고맙게 간직하겠습니다."

심청은 공손히 절하고 아버지가 기다리고 있는 집을 향해 발걸음을 재촉했다.

【이야기 너머】

열다섯, 그 나이

심청은 참으로 의젓하군요. 조금 자라더니 집안일 하는 쯤을 넘어, 아예 실제 가장이 되어 아버지를 거둡니다. 열다섯에는 나를 버릴 결심을 하는 데 이릅니다.

여기서도 조금 설명이 필요해요. 원래 인류가 현대사회로 접어들기 전에는, 특별히 '어린이', '청소년' 하는 개념이 없었습니다. 나이가 어린 사람에 대한 배려가 없었다는 뜻은 아니지만, 오늘날처럼 특별히 '약자'로 구분 짓지 않았습니다.

인구가 곧 국력이고, 노예 또는 노비가 재산이고, 사람이 태어나면 노동력 하나를 얻었다고 여기던 옛날에는, 사회가 최소한의 배려를 해 주는

기간이 지나면 곧바로 '어른'입니다. 10대 초반이면 상당히 의젓해져야 합니다.

이는 사회 구성원이 평균 35세를 못 살던 사정과 관련이 있습니다. 그 누구도 징징대고 어리광 부릴 여유가 없습니다. 춘향과 몽룡이 연애를 시작할 때 두 사람 나이가 열여섯입니다. 2차 성징이 나타나면 바로 연애를 해야죠. 시간이 없어요. 김구 선생이 동학운동에 가담한 때가 10대요, 일제의 간담을 서늘케 한 항일투사 김원봉이 독립운동에 뛰어든 시기 또한 10대입니다. 연애뿐입니까, 나라의 큰일 앞에서도 머뭇거릴 시간이 없습니다.

그러는 동안 인류의 평균수명은 점차 늘어났습니다. 이제 사회는 사람이 어느 정도 방황할 시기를 허락합니다. 먼저 산업혁명을 이루고 현대사회를 앞서 경험한 서구에서는 약 3백 년 전에 '청년기'라는 특별한 기간을 마련했습니다. 사회가 사람의 일생에 그래도 한 번 방황할 시기를 만들어 주고, 청년이라는 존재를 인정했단 말이죠. 시간이 흘러 19세기에는 사회가 '아동기'까지 인정합니다. 이때부터 '어린이'가 가정 행복의 가장 큰 증

거물로서 특별한 교육 속에 더 훌륭한 어른이 될 준비를 하게 됐지요. 20세기에는 '청소년기'가 마련돼, 청년기에 앞서 한 번 더 방황할 기회가 생겼습니다.

인류 삶을 모식도로 나타내 봅시다. 원래는 '출생 → 잠깐의 배려 → 어른'의 한 바퀴가 다였어요. 그러다 산업혁명 이후 수명이 늘어나면서, 인류는 '출생 → 영유아기 → 아동기 → 청소년기 → 청년기 → 어른'이라는 복잡한 단계를 거치게 되었습니다.

심청은 옛 사회 속 삶의 맥락에서는, 제때 제대로 '사람 노릇'을 시작한 셈입니다. 조금 이른 감이 없잖아도, 『심청전』이 억지로 심청을 미화해 조숙하고 기특한 소녀 가장을 만들어 내지는 않았단 말이죠.

눈뜰 길이 있다고?

다 쓰러져 가는 오두막집 팔자 한들

비바람 살 사람 있을까

심청이 집을 향해 재게 걷는 동안, 심학규는 홀로 앉아 딸을 기다리고 있었다. 배는 고파 뱃가죽이 등가죽에 맞붙고, 불 꺼진 방에서는 이 부딪는 소리가 더욱 크게 들렸다. 새도 제 둥지를 찾아 날아들고, 먼 절에서 종소리가 은은히 들려오니, 빛 못 보는 처지일망정 날 저문 줄은 짐작하고 혼잣말을 중얼거렸다.

"내 딸 청이는 무슨 일 하느라 날 저문 줄 모르는가. 일이 아직 안 끝났는가, 오는 길에 동무네 집에 가 앉았나?"

그때 컹컹 개 짖는 소리가 났다.

"청이 오느냐?"

하지만 아무 대답도 돌아오지 않았다. 다시 바람이 불며 창이 울렸다. 심학규도 다시 딸을 찾았다.

"청이 너 오느냐?"

그러나 적막한 빈 뜰에 무슨 인적이 있겠는가. 낙엽이 퍼썩 휘날려도 청이인가, 새가 푸드득 날아도 내 딸인가, 안절부절

못하던 심학규는 마침내 딸을 찾으러 나가기로 했다.

지팡이 짚고 사립 밖을 나가니, 그동안 딸 덕에 다니던 길이 어느덧 지팡이질도 설어 여기가 전에 가던 거긴지, 거기가 전에 가던 여긴지 서툴기만 했다. 더듬더듬 걸어갈 때, "아이고 청아, 내 딸아" 소리가 절로 새 나왔다.

이웃고 다리 앞에 다다라 조심조심 개울을 건넌다는 것이, 한발 멈칫하는 사이에 미끄러져 개천에 풍덩 빠지고 말았다.

"악, 사람 살려!"

나오려면 미끄러지고, 올라오려면 다시 미끄러지니 허우적댈수록 힘만 빠졌다.

"어푸, 어푸, 사람 살려! 나 도화동 사는 심봉사요! 누구 없소? 아이고 나 죽네!"

얼굴은 흙빛이 되고 몸은 점점 얼어들어 가건만, 인적 끊긴 개울가에 누가 있어서 심학규를 구하겠는가. 그래도 살길이 없지 않은 법이요, 사람이 죽을 수에만 몰리지는 않는지라, 때마침 동네에서 가까운 몽은사 스님이 시주 받아 절로 돌아가다 이 소리를 들었다.

스님이 급한 마음으로 소리 나는 곳을 찾아가니, 한 사람이 개천에 빠져서 거의 죽게 되었다. 바랑이는 바위 위에 휙 던져 두고, 장삼 벗고, 버선 벗고, 행전에 대님에 버선도 훨훨 벗어 던지고는 바짓바람으로 개울에 풍덩 뛰어들어, 물에 빠진 사람 상투를 덥석 휘감아 들어 간신히 개울 위로 끌어올렸다.

스님이 한숨을 돌리고 살펴보니 전에 인사나마 나눈 적 있던 심학규였다. 심학규도 차차 정신이 돌아왔다.

"고맙습니다, 고맙습니다, 뉘시오?"

"몽은사에 있는 아무개요."

"그렇지, 스님이 부처로군요. 죽을 사람을 살려 주시니 이 은혜를 어찌하오!"

"사람이 사람 살렸는데 은혜는 무슨 은혜요?"

"물 한 번만 더 먹었으면 오늘 나는 영락없이 다른 세상으로 갔을 게요."

스님은 춥고 지친 심학규를 업어다 방 안까지 데리고 와 앉혔다. 그러고는 젖은 옷을 마른 옷으로 갈아입히고, 한밤중에 물에 빠진 까닭을 물었다.

심학규가 슬픈 빛을 띠며 대답했다.

"하나밖에 없는 내 딸, 오늘따라 새가 제 둥지에 깃들도록

돌아오지 않으니, 아비 된 자가 아니 나가 볼 수 있소? 나간다고 나갔으나, 내 신세 기박하여 스무 살 되기 전에 앞을 보지 못하는 신세가 되었으니, 내 집 앞 개천을 건너지 못하고 죽을 뻔했습니다."

스님이 사연을 듣고 나서 한숨을 쉬고 말했다.

"딱하고, 딱하오. 좋은 수가 없진 않건만……."

심학규는 귀가 번쩍 열리는 것만 같았다.

"수? 좋은 수라니? 무슨 수?"

"몽은사 부처님이 영험이 많으셔서 빌어서 아니 되는 일이 없고, 고하면 응하시지요. 공양미 3백 석을 부처님께 올리고, 지극한 정성으로 불공을 드리면 반드시 눈을 떠, 이 세상의 모든 것을 보게 될 것입니다."

심학규가 이 말을 듣고 어찌나 기쁘던지 뒷일을 생각지 못하고 스님 앞에 달려들었다.

"됐소, 그러면 심학규가 공양미 3백 석을 불전에 올린다고 적어 가시오."

스님이 허허 웃었다.

"이보시오, 이 형편에 3백 석을 무슨 수로 장만하겠소. 3백 석은 고사하고 세 홉 양식이 아쉬운 집에서."

심학규가 홧김에 말을 마구 뱉었다.

"스님, 어느 시러베자식이 부처님께 약속하고 빈말하겠소? 눈 뜨려다가 앉은뱅이 되란 말이오? 스님이 사람을 업신여겨도 분수가 있지, 산에 사는 스님이 남의 속을 어찌 알고 하는 소리요? 잔말 말고 시주책에 '심학규, 공양미 3백 석'이라 적으시오! 얼른!"

재촉이 성화 같으니, 스님이 더 말리지도 못하고 시주책을 폈다. 펴 놓고는 제일 윗줄 붉은 칸에 "심학규 쌀 3백 석"이라 적어 넣었다.

"그러면 다음 달 안으로 공양미를 반드시 보내시오. 부처님께 거짓말하면 앉은뱅이 되는 수가 있소."

"불가에서 말하는 죄 가운데, 거짓말이 가장 중한 줄 내 모르는 줄 아오? 한 입으로 두말할까? 반드시 약속대로 할 테니 염려 마시오!"

스님이 떠나고, 빈방에 남고 보니 심학규는 더럭 겁이 났다.

"어허, 시주쌀 3백 석이 어디서 난담? 내가 어쩌다 이런 약속을 했지? 복을 빌려다 도리어 죄를 얻게 됐구나!"

걱정은 하면 할수록 불어났다.

"내 팔자야, 어쩐 일로 눈이 멀었는가. 우리 아내는 어쩐 일

로 이리 일찍 떠났는가? 다 커 가는 딸자식을 온 동네에 내놓은 아비라니. 딸자식이 품 팔아 근근이 살아가는 주제에 공양미 3백 석을 호기 있게 약속하고 백 가지로 생각한들 방법이 없구나. 빈 단지를 기울여야 한 되 곡식도 되지 않고, 장롱을 뒤져 본들 한 푼 돈이 어디 있나. 다 쓰러져 가는 오두막집 팔자 한들 비바람 살 사람 있을까, 내 몸을 팔자 한들 살 사람 어디 있을까."

한참 홀로 탄식하고 있는데, 그제야 심청이 집으로 돌아왔다.

"장승상 부인이 굳이 잡고 만류하여 저녁을 먹고 가라 하므로 늦었습니다. 장승상 댁에서 이것저것 맛난 것도 많이 가지고 왔습니다."

아버지께 인사를 여쭌 심청은 곧 밥상을 차려 왔다.

"진지 잡수세요. 오늘 반찬이 참 좋습니다."

그러나 심학규는 근심 가득한 낯빛을 하고는 밥을 제대로 먹지 못했다. 심청도 아버지 숟가락질이 시원찮음을 알아차렸다.

"아버지 웬일이어요? 어디 아파 그러신가요, 제가 늦게 왔다고 화가 나서 그러신가요."

"아니다. 너 알 거 없다."

"아버지 그게 무슨 말씀이세요? 아버지랑 딸 사이에 무슨 못

할 말이 있겠어요? 아버지는 저만 믿고 저는 아버지만 믿고 이제까지 살아왔는데, 큰일이고 작은 일이고 의논해 살아왔는데, '너 알 거 없다'니요. 부모 근심은 곧 자식 근심입니다. 제가 아무리 아버지를 잘못 모시고 살아왔어도, '너 알 거 없다'시면 어째요."

심학규가 그제야 한숨을 쉬면서 사실을 털어놓았다.

"내가 어찌 널 속이겠니. 너 기다리다 저물도록 안 오기에 하도 갑갑해 찾아 나가다가 개천에 빠져 거의 죽게 되었단다. 뜻밖에 몽은사 스님이 나를 건져 살려 놓고, 공양미 3백 석을 몽은사에 시주하면 눈을 뜬다더구나. 내가 미쳤지, 앞뒤 잴 것 없이 시주책에 내 이름 석 자에 공양미 3백 석을 적어 올렸다. 스님이 말리건만 도리어 내가 성을 내 시주를 약속하고, 스님 나가고 생각하니, 한 푼 돈이 있나, 한 톨 쌀이 있나, 쌀 3백 석이 어디서 난단 말이냐? 부처님께 거짓말하고 또 무슨 벌을 받게 될지. 내가 지금 밥 먹을 때가 아니다. 휴!"

심청이 다 듣고 나서 아버지를 달랬다.

"아버지 걱정 말고 진지부터 잡수세요. 우리 아버지 눈 떠 세상 만물을 볼 수 있다면야 쌀 3백 석이 대수랍니까. 어두운 눈 다시 밝아진다면 제가 어떻게 해서든 공양미 3백 석을 마련

하겠습니다."

"허허, 네가 이렇게 말할 줄 알고 내가 차마 말을 못 했단 말이다. 네 효성, 네 마음씀씀이가 이렇다고 한들, 우리 형편에 무슨 수가 있겠니? 지금이라도 절에 찾아가, 시주책에서 내 이름자를 검은 먹으로 지워 버리고 싶구나."

심청이 여쭈었다.

"옛날에 지극정성으로 부모님을 모신 효자는 반드시 하늘이 도왔습니다. 제 효성이 비록 옛사람만 못하지만, 지성이면 감천이라 하니, 공양미를 반드시 마련하겠습니다. 걱정하지 마세요."

심청은 목욕재계하여 몸을 깨끗이 하고, 집을 청소하고, 뒤란에 금줄을 치고, 단을 쌓은 뒤 정화수 한 그릇을 떠 놓고 하늘에 대고 빌었다.

"아무 달 아무 날, 도화동 사는 심청은 삼가 비옵나이다. 하늘과 땅과 별의 신령이시여, 천지사방의 신령이시여, 온갖 보살과 부처님이시여, 보잘것없는 사람의 기도를 들어주소서. 불쌍한 소녀의 아비는 스무 살 되기 전에 눈이 어두워져 사물을 못 보고 이제까지 살아왔습니다. 아비에게 허물이 있다면 제 몸으로 대신하겠습니다. 부디 아비 눈을 밝혀 주옵소서."

이렇듯 새벽마다 기도하고, 아침이면 품 팔러 나가는 고단한

【이야기 너머】

공양미 3백 석이 대체 얼마기에

시각장애인 부녀를 이토록 곤란하게 만든 공양미, 게다가 3백 석. 과연 양이 얼마나 될까요. 아쉽게도, 정확하게 오늘날의 부피로 환산해 얼마다, 하고 확언할 수는 없습니다. 조선 시대 내내, 곡식에 따라서도 지역에 따라서도 도량형이 조금씩 달랐거든요. 분명히 확인할 수 있는 사실만 한번 따져 봅시다.

한 줌에 쥐는 양이 '홉'입니다. 그 열 배를 '되'라고 했습니다. 10홉은 1되, 10되는 1말, 13말 또는 15말 또는 20말을 1석이라고 했습니다. 1.8리터가 1홉이고, 180리터가 곧 1석이라고 흔히 말하지만 이도 어림짐작입니다.

홉을 한자로 쓰면 '합合', 되를 한자로 쓰면 '승升', '말'을 한자로 쓰면

'두斗', '섬'을 한자로 쓰면 '석石'입니다. 이제 "공양미 3백 석" 할 때의 '석'이 무슨 뜻인지는 떠오르지요? 다시 정리하면 이렇습니다.

홉 - 되 - 말 - 섬

合 - 升 - 斗 - 石

그럼 '3백 석'에 부녀가 왜 그리 겁을 먹었을까요? 조선에서 가장 높은 직위인 정1품 벼슬아치의 연봉을 쌀 포함해 콩, 보리 등 곡물로 몇 석이나 되는지 따져 보면 대략 1백 석쯤 됩니다. 이 또한 제도 변화가 많았지만 일단 법률을 곧이곧대로 따져서, 또 다른 물품은 빼고 순 곡물만 합해 환산한 거예요.

정1품 벼슬이라면 영의정, 좌의정, 우의정 들이 여기 듭니다. 심학규는 영의정 3년치 봉급을 한날한시에 절에 내겠노라고 약속한 것입니다. 부녀의 타는 속이 구체적으로 드러나지요?

사람 산다는 사람들

너 팔아 눈 뜬들

무엇을 보라는 말이냐?

생활이 며칠이나 이어지던 어느 날, 나갈 채비 중에 동네에 개 짖는 요란한 소리와 함께 무얼 산다고 외치는 소리가 들려왔다. 무슨 소리인가 하고 내다보니 웬 사람 둘이 어울려 번갈아 외치며 지나가고 있었다.

"처녀 사오! 십오륙 세 된 처녀 사오! 비싸게 사오! 처녀 사오!"

이게 무슨 소리인가? 심청은 깜짝 놀라 처녀 산다는 사람들 뒤를 쫓아갔다.

"여보시오, 말 좀 물읍시다. 처녀를 산다는 말이 정말입니까?"

외치고 다니던 사람들이 심청을 쳐다보며 조심조심 말했다.

"우리는 남경[4] 뱃사람이오. 인당수를 지날 때마다 배가 뒤집혀 고심하던 중에, 제물을 바치면 사나운 바다를 무사히 건넌

---

4 남경 南京. 14~15세기 명나라 수도. 오늘날 난징.

다고 들었소. 이번에 인당수를 지나갈 일이 생겼는데 할 수 없이 제물 될 처녀가 있으면 값을 아끼지 않고 주려 하오."

심청이 바싹 다가들었다.

"나 같은 사람도 사나요?"

남경 뱃사람들이 깜짝 놀랐다.

"우리가 정녕 제물 될 처녀를 사긴 사거니와, 낭자는 무슨 일로 스스로 몸을 팔려 하십니까?"

"나는 이 동네 사람입니다. 우리 아버지가 앞을 못 보세요. 공양미 3백 석을 바치고, 지성으로 불공을 드리면 눈을 뜰 수 있다는 소리를 들었습니다. 집안 형편이 어려워 장만할 길이 없으니, 내 몸을 팔아 아버지 공양미를 마련하고자 합니다. 저를 사 가시겠어요?"

뱃사람들의 낯빛이 달라졌다.

"효성이 지극하오만 딱한 노릇이오."

뱃사람들은 즉시 쌀 3백 석을 몽은사로 날라다 주기로 했다. 심청은 다음 달 보름에 배 나갈 때 함께 떠나기로 했다.

심청이 가련한 흥정을 마치고 집으로 돌아가 아버지께 여쭈었다.

"아버지, 몽은사에 공양미 3백 석을 이미 실어다 주었으니,

이제 근심치 마십시오."

심학규가 깜짝 놀랐다.

"너, 그 말이 웬 말이냐?"

심청 같은 타고난 효녀가 어찌 아버지를 속이랴만, 어찌할 수 없는 형편이라 잠깐 거짓말을 지어냈다.

"장승상 부인께서 저번에 저를 불러 수양딸로 삼으려 하셨는데 차마 그리하겠다 할 수 없었습니다. 그러나 우리 형편으로 공양미 3백 석을 장만할 길이 없으니, 이 사연을 부인께 말씀드렸습니다. 부인께서는 쌀 3백 석을 그 자리에서 몽은사로 실어 보내 주시고, 저는 장승상 댁에 들어가게 됐습니다."

심청이 하는 말을 듣던 심학규가 물색도 모르고 뛸 듯이 기뻐했다.

"양반의 자식으로 몸을 팔았다면 남들의 손가락질을 감당할 수 없겠지만, 장승상 댁 수양딸로 간다는데야 누가 뭐라고 하겠느냐. 너는 귀한 집에 들어가 걱정 없이 지낼 테고, 나는 이제 눈을 뜰 테니 좀 좋으냐. 그래, 가긴 언제 가느냐?"

"다음 달 보름에 갑니다."

"어허, 정말 잘되었다."

심청은 일이 결정되고부터, 아버지와 영이별하고 죽을 일과

사람이 세상에 나서 겨우 열다섯 나이로 죽을 일을 곰곰 생각하니, 정신이 아득했다. 일하던 손도 헛놀고, 밥도 넘어가지 않았다. 오로지 근심으로 지내다 다시금 생각했다.

'이미 엎어진 물이요, 쏘아 놓은 화살이다.'

약속한 날짜가 가까워 오니 점점 정신이 났다.

"이러다 안 되겠다. 마지막으로 아버지 옷이나 마련해 두어야지."

심청은 있는 아버지 옷은 깨끗이 다시 빨아 장롱에 차곡차곡 개 넣었다. 봄·여름·가을·겨울 옷을 한 벌씩 따로 지어 정리하고, 새 갓과 새 망건도 심학규 손이 닿기 좋은 데 걸어 놓았다. 이렇게 다른 생각 할 틈 없이 며칠을 보내다 보니, 어느새 배 떠나기 하루 전날 밤이 되었다.

은하수 기울어진 깊은 밤, 촛불을 마주하고 앉아 머리를 숙이고 한숨을 길게 쉬는 심청의 마음이 온전하겠는가.

"아차, 버선은 하나 더 지어야지."

바늘에 실을 꿰어 들고, 이 집에서 마지막 바느질을 하려는데, 가슴은 답답하고 두 눈이 침침해지는 듯했다. 문득 정신이 아득해지며 하염없는 눈물이 솟는데, 아버지가 깰까 싶어 크게 울지도 못하고 속으로 흐느끼다, 아버지 얼굴에 제 뺨도 대 보

고, 아버지 손발도 만져 보았다.

"내가 떠나면 누굴 의지해 살까? 밥 빌어 날 기르시더니, 내일부터는 다시 동네 거지가 되겠구나. 이웃의 눈치인들 오죽하며, 멸시인들 오죽할까. 나 태어나고 이레 만에 어머니 돌아가시고 이제 아버지와도 영이별이라니, 세상에 이런 일이 또 있을까? 형제 간에 친구 간에 부부 간에 별별 이별이 다 많다지만, 우리 부녀와 같은 이별이 언제 있었던가. 돌아가신 어머니는 황천으로 가셨을 텐데, 나는 이제 죽게 되면 수궁으로 갈 테지. 수궁에서 황천은 몇 만 리가 될까. 혹 어머니를 다시 만나게 된다면 아버지 소식부터 물으실 텐데, 내가 무슨 말로 대답을 하나."

어느덧 창밖으로 희뿌윰한 기운이 돌았다.

"이제 지날 새벽 때를 함지[5]에 머물게 하고, 내일 아침 돋는 해를 부상[6]에다 매어 두면 가련한 우리 아버지 조금이라도 더 보련만 가는 시간을 그 누가 잡겠는가. 아아, 서럽다!"

이윽고 닭이 울었다.

"닭아, 닭아, 울지 마라. 너 울면 날 새고, 날 새면 나 죽는다.

---

5 함지 세상의 서쪽에 있다고 하는, 해가 져 빠진다는 상상의 연못.

6 부상 해 뜨는 동쪽 바다에 있다고 하는 상상의 나무.

죽기는 서럽지 않으나, 의지할 데 없는 우리 아버지 어쩌면 좋단 말이냐?"

어느덧 날이 완전히 밝았다. 심청이 아버지 진지나 마지막으로 올리려고 방에서 나오는데, 벌써 뱃사람들이 사립문 밖에서 기다리고 있었다.

"오늘이 배 떠나는 날이오. 부디 쉬이 떠납시다."

심청이 이 말을 듣고 손발에 맥이 탁 풀리며 목이 메고 정신이 어지러웠다.

"나도 오늘이 배 떠나는 날인 줄 잘 압니다만, 내가 떠나는 줄을 우리 아버지가 아직 모르십니다. 만일 아시게 되면 지레 야단이 날 테지요. 잠깐 기다려 주세요. 진지나 마지막으로 지어 잡숫게 하고, 말씀 여쭙고 떠나게요."

뱃사람들도 한숨을 내뱉었다.

"그러시오."

심청이 눈물로 밥을 지어 아버지께 올리고는 상머리에 마주 앉았다. 이 마지막 밥상, 아무쪼록 많이 잡수시라고 자반도 떼어 입에 넣어 드리고, 김쌈도 싸 수저에 놓았다.

"많이 잡수셔요."

심학규는 아무것도 모르고 아침을 먹었다.

"오늘은 반찬이 다른 날보다 유달리 더 좋구나. 뉘 집에서 제사가 있었느냐. 내 간밤에 꿈을 꾸었단다. 네가 큰 수레를 타고 어디로 한없이 가지 않겠니. 수레라는 것이 귀한 사람 타는 것이니 우리 집에 무슨 좋은 일이 생기려나 보다. 옳지, 장승상댁에서 가마를 태워 가려나?"

심청이 죽으러 가는 제 앞길이 아버지 꿈에 나타난 줄로 짐작하고 둘러댔다.

"그 꿈이 참 좋습니다."

심학규가 아침을 다 비우자, 심청은 밥상을 물려 내고, 숭늉까지 올린 뒤, 다시 세수를 깨끗이 했다. 이제 정말 마음을 다잡고 아버지를 대하려는데 자기도 모르게 울음이 터져 나왔다.

"아니, 청아, 갑자기 왜 우느냐. 누가 봉사 딸이라고 놀리더냐? 가난하다고 괄시하더냐? 갑자기 왜 우느냐?"

한번 터진 눈물은 봇물 터진 듯 쏟아졌다.

"제가 거짓을 여쭈어 아버지를 속였습니다."

심학규가 깜짝 놀라 말했다.

"갑자기 무슨 소리냐?"

"못난 딸이 아버지를 속였습니다. 공양미 3백 석이 어디서 나겠습니까. 남경 뱃사람들이 바다에 바칠 제물을 구하기에,

제물로 몸을 팔아 오늘 떠나는 날이 되었습니다. 이제 마지막 인사 올립니다."

"이게 웬 말이냐? 못 간다, 못 가. 네가 아비에게 묻지도 않고 네 마음대로 한단 말이냐? 너 살고 내 눈 떠야지, 자식 죽여 눈 뜨들 그게 차마 할 짓이냐? 네 어머니 너 낳고 곧 죽은 뒤에, 앞 못 보는 늙은 내가 품 안에 너를 안고 이 집 저 집 다니며 동냥젖 얻어먹여 이만큼 컸는데, 내가 너를 내 눈으로 알고 네 어머니 죽은 뒤에 이제까지 살았는데, 이 말이 웬 말이냐? 못 간다, 못 가! 아내 죽고 자식 잃고 어찌 살까? 너하고 나하고 함께 죽자. 너 팔아 눈 뜨들 무엇을 보라는 말이냐?"

심학규는 방 밖으로 뛰어나갔다.

"여기 어떤 놈들이냐! 장사도 좋다마는 사람 사다 제물로 쓰는 장사꾼을 어디서 보았느냐? 하느님의 어지심과 신령의 밝은 마음이 있는데 네놈들에게 앙화가 없겠느냐? 눈먼 놈의 철모르는 어린아이를 아비 몰래 유인하여 값을 주고 사다니! 사람을 사다니! 돈도 싫고 쌀도 싫다, 이 나쁜 놈들아. 데려간다면 날 데려가라. 동네 사람들! 저런 놈들을 두고만 본단 말이오?"

심학규는 소리소리 지르다 기절했다. 이웃 사람들이 심학규

를 방 안으로 들여 눕히니 심청이 절을 하고 돌아섰다.

"아버지, 끝난 일입니다. 저는 이제 죽으러 갑니다만, 아버지는 눈을 떠 밝은 세상 보십시오. 다시 장가도 가시고, 못난 딸자식 생각지 마시고 오래오래 평안히 사십시오."

심청이 뒤도 돌아보지 않고 나서는데, 뱃사람들 심청을 위로했다.

"그대 신세와 아버지 처지를 생각하니 우리도 마음이 편치 않소. 남은 아버지 굶지 않도록 한 살림 마련하리다. 쌀 2백 석에 돈 3백 냥을 따로 내놓을 테니 이를 종자로 삼으면 살아갈 수 있을 게요."

동네 사람들도 의논해, 관청에 그 재물을 등록하고 심학규가 앞으로 살아갈 밑천으로 삼게 했다.

한편 무릉촌에서 이 소식을 들은 장승상 부인이 심부름꾼을 거느리고 한걸음에 달려와 심청의 손을 잡고 눈물을 흘렸다.

"이 무심한 사람아. 나는 너를 내 자식으로 알았는데, 너는 어찌 내 마음을 모르는가. 쌀 3백 석에 팔려 죽으러 간다 하니 효성이 지극하다마는, 살아서 아버지와 함께 세상에 있는 것만 같겠느냐? 나와 의논했으면 진작 마련해 주었지. 쌀 3백 석을 이제라도 내어 줄 테니 당장 물려라! 너 못 간다."

심청이 절하고 공손히 답했다.

"말씀만으로도 그 은혜가 태산처럼 크고 바다처럼 넓습니다. 부모님께 정성을 다한다면서, 어찌 스스로 감당 못할 재물을 바라겠습니까. 남에게 폐를 끼쳐 이룰 일이 이 세상에 어디 있겠습니까. 이미 값을 받고 몇 달이 지난 뒤에 와서 이러느니 저러느니 하는 것은 못난 짓이기도 합니다. 하늘 같은 은혜와 고마운 말씀은 저승에 가더라도 잊지 않겠습니다. 이미 이루어진 일이니 이제 떠나겠습니다."

장승상 부인뿐이 아니었다. 동네 남녀노소 없이 눈이 붓도록 심청의 처지를 슬퍼하며 서로 붙들고 울다가, 마을 어귀에 와서야 서로 손을 놓고 헤어졌다. 심청은 아버지를 돌봐 달라는 부탁을 하고 또 하며 떠나갔다.

그때 하늘이 이 슬픔을 굽어보았는지 해는 침침한 구름 속에 숨어 대낮이 어두웠고, 청산마저 찌푸린 듯하고, 강물 소리도 흐느끼는 듯했다. 곱던 꽃도 제 빛이 아니었다.

【이야기 너머】

중국 가는 뱃길

조선 시대의 중국 여행길이 다만 육로뿐은 아니었습니다. 명나라 수도가 북경베이징이 아니라 남경난징일 때, 또는 북경에 들어가야 하는데 요동랴오둥 정세가 어지러울 때면 당연히 뱃길을 통해 중국으로 갔지요. 다만 조선 시대에 사적인 중국 여행은 일절 없습니다. 나라의 외교 활동으로 공식 외교 사절단이 다니는 여행이 있을 뿐입니다.

조선 사절단은 무조건 한양에서 출발합니다. 임금한테 보고하는 의례가 중국 여행의 시작이니까요. 그런 뒤, 형편에 따라 평양 대동강 하구 앞바다나 평안도 철산 앞바다에서 배를 띄워 오늘날의 중국 산둥성 옌타이에 가 닿습니다. 그런 뒤 중국 내륙을 거쳐 남경에, 또는 천진톈진을 거쳐

북경에 이르렀습니다.

위 그림은 1624년 뱃길로 명나라에 간 이덕형 일행의 여정을 기록한 〈항해조천도〉 가운데 일부입니다. 파도가 배만 합니다. 나무배를 타고 오

항해조천도

로지 나침반에 의지해 큰 바다를 건너는 사람들의 불안감이 손에 잡힐 듯 합니다.

범사도

그다음 그림은 1856년 김계운이 일본 대마도에 갔다가 돌아오다, 풍랑을 만나 거의 난파 직전에 이른 모습을 담고 있습니다. 2년 뒤인 1858년, 유숙이 김계운의 말을 듣고 그린 〈범사도〉라는 작품입니다. 중국 오가는 뱃길이 아니라 일본 오가는 뱃길에 겪은 일이지만 조선 사람이 바다에서 겪은 급박한 상황을 이처럼 생생하게 묘사한 기록도 다시없을 거예요.

이처럼 『심청전』이 묘사한 남경 오가는 뱃사람들의 행동과 마음에는 옛사람들의 경험이 녹아들어 가 있습니다.

곧 남경 오가는 뱃길이라든지, 뱃길에 놓인 위험에 대한 두려움, 어떤 제물을 들여서라도 초자연적인 힘에 의지하려는 마음 들은 그저 지어낸 이야기만은 아니라는 말이지요.

인당수가 어디냐

용과 용이 싸우는 듯
벼락이 내리치고

뱃사람들과 함께 포구에 당도한 심청은 난생처음 큰 배를 타게 됐다. 배는 둥덩실 먼바다를 향해 떠나는데 심청의 마음 속으로 슬픈 노래가 울려 퍼졌다.

> 저 바다로 둥덩실 떠나간다.
> 망망한 푸른 바다에 저리 탕탕한 물결.
> 하늘에 기러기 비껴 날고,
> 갈매기는 배를 따라오는구나.
> 지나가는 풍경마다 무슨 사연 깃들었는가.

그렇게 한 곳에 당도하니 큰 바람이 일고, 용과 용이 싸우는 듯 별안간 벼락이 내리치고, 큰 바다 한가운데 오직 배 한 척만이 떠 있는데 높은 파도가 뱃머리에 달려들어 쾅쾅 부딪히니, 뱃사람들이 잔뜩 겁을 먹고 서둘러 돛은 거두고 닻은 내렸다.

여기가 바로 인당수였다.

뱃사람들은 허둥지둥 한 섬 쌀로 밥을 짓고, 동이째 술을 내고, 큰 소·돼지 잡아 올리고, 삼색 실에 갖은 고기와 온갖 과일을 차려 냈다. 심청은 따로 받은 물로 목욕시켜 흰옷으로 갈아입히고, 상머리에 앉혔다. 북을 둥둥 울리며 제문을 읽었다.

둥둥 두리둥 두리둥,
온 하늘의 신령이시여, 남해, 북해, 동해, 서해의 용왕이시여.
살펴 주옵소서.
둥둥 두리둥 두리둥,
세상일이 누구는 글 읽고, 누구는 농사짓고,
누구는 쟁이가 되고, 누구는 장사 다닙니다.
오늘 제물을 차린 배꾼 스물네 사람은,
배 타고 장사 다니는 사람들입니다.
지난번에 이곳에서 스물네 사람이 거의 죽을 뻔했습니다.
둥둥 두리둥 두리둥,
이에 도화동 사는 올해 열다섯 먹은 처녀 심청을 바칩니다.
한 점 흠 없는 효성 지극한 처녀입니다.
아비 눈 뜨게 한다고 스스로 제물이 되어 이곳까지 왔으니,

부디 바다 밑에서 이 처녀를 좋은 곳으로 인도해 주옵소서.
앞으로 스물네 사람 탈 없이 뱃길 다니게 해 주옵소서.
둥둥 두리둥 두리둥.
그 아비 눈 뜨는 데 용왕님도 힘 보태 주옵소서.
둥둥 두리둥 두리둥, 둥둥 두리둥 두리둥…….

제문을 읽은 뱃사람이 심청에게 소리쳤다.

"이때다, 어서 물에 들라!"

심청이 급히 물었다.

"도화동 있는 쪽이 어디요?"

뱃사람이 북채로 가리키며 대답했다.

"저기, 시커먼 구름 너머, 저쪽이다!"

심청이 얼른 그쪽에다 절을 올렸다.

"아버지, 아버지의 못난 딸 청이 이제 갑니다! 부디 눈 뜨세요! 부디 편안히 지내세요!"

그러고는 뱃사람들을 향해 외쳤다.

"이후에 도화동에 꼭 한번 들러 주오! 우리 아버지 눈 떴는지 보고, 다시 여기를 지나게 되면 내게 알려 주오! '제물 되어 바닷속에 들어간 청아, 네 아버지 눈떴다'고!"

말을 마친 심청은 치마폭을 둘러썼다. 더 망설일 것도 없었다. 바로 풍덩 바다로 뛰어들었다. 그러자 물결은 자고 바람은 삭고 안개가 걷혔다. 맑은 하늘 위로 푸른 안개가 머물고 갈매기는 힘들이지 않고 배를 쫓았다.

뱃사공들은 그제야 마음을 놓았다.

"이 모든 것이 저 불쌍한 처녀 덕 아닌가?"

"굶어 죽을지언정 다시는 이 짓 못 하겠네."

"닻부터 감아라, 떠날 길은 떠나야지!"

어기야 어기어차, 뱃노래 한 곡조에 닻을 감고, 돛을 올리니 잔잔한 바다 위에 순풍 받은 배는 쏘아 놓은 화살처럼 더 먼 바다로 떠나갔다.

【이야기 너머】

판소리의 명장면, '눈'

심청과 아버지의 작별, 저 넓디넓고 검푸른 바다로 떠나간 심청이 결국 바다에 몸을 던지는 장면 들을 판소리에서는 '눈', '눈대목'이라고 합니다. 쉽게 말해서 명장면, 압권이라고 할 대목이지요.

광대 입장에서는 온몸의 신경을 곤두세우는 장면이고, 듣는 쪽에서는 감동이 극대화되는 장면입니다. 그래서 대중적으로 인기가 높지요. 판소리는 눈, 눈대목을 뽑아 엮어 공연하는 경우가 많습니다. 곧 극적 긴장이 압축될 대로 압축된 장면을 듣는 이들에게 내놓는 것입니다.

지금 본 장면은 그야말로 판소리 〈심청가〉가 소설 『심청전』에 왈칵 들어와 도사리고 앉아 있습니다. 『심청전』이 판소리계 소설이니까 오히려 당

연하지요. 판소리계 소설이란 그 세부와 짜임새에서 판소리와 서로 영향을 주고받으며 발전하고 대중에게 퍼진 소설을 이릅니다.

심청도 심학규도 동네 사람도, 또한 몹쓸 짓 하는 꼴인 뱃사람도 감정이 높을 대로 높습니다. 갈등도 긴장도 높습니다. 모든 상황이 터질 것만 같습니다. 그 고비에 죽음으로 난 길은 망망대해에 펼쳐져 있습니다. 이윽고 심청은 바닷속으로 몸을 던집니다. 이 장면을 가장 생생하게 펼쳐 보일 예술로 음악과 손잡은 극인 판소리를 따라올 갈래가 또 있겠어요.

판소리 〈심청가〉뿐 아니라 판소리 전체를 통틀어서도, 심청이 바다로 나간 장면은 단연 눈 중의 눈으로 손꼽힙니다. 오늘날 인터넷 세상에서는 이 눈대목을 찾기가 어렵지 않습니다. 다음 링크의 안향련 명창의 소리로 판소리의 눈을 실제로 한번 맛보기 바랍니다.

http://www.youtube.com/watch?v=sup79L3_Rlo

바닷속 별천지에서 다시 땅으로

너를 보는 내 반가운 마음이
네 아버지가 너를 잃은 설움에
견줄 수 있겠느냐

심청은 바다에 뛰어들 때는 정신이 없더니, 바닷속에서 도리어 정신이 났다. 점점 더 또렷하게 사방을 분간하게 되더니 물속에서 무지개가 보이고 좋은 향이 코를 찌르듯 풍기는데 몸과 마음이 도리어 편안했다.

어리둥절한 채로 바닷속 세상을 가늠해 보려는데, 어딘가에서 화려한 가마와 함께 선녀들이 나타나 심청 앞에 조아렸다.

"옥황상제께서 인당수 용왕한테 명하시길, '낭자가 오늘 인당수에 당도할 테니 몸에 물 한 점 묻지 않게 할 것이며, 만일 낭자를 모시는 데 조금의 실수라도 있으면 큰 벌을 내릴 것이니, 지극정성으로 수정궁에 모셨다가 뭍 세상으로 돌려보내라' 하셨습니다. 지금 인당수 용궁이 귀한 손님 맞는다고 사뭇 분주하나이다."

말을 마친 선녀들이 꽃가마 앞에 심청을 모시니 용궁의 신령스런 장수와 병졸 들이 가마를 호위하고, 선녀들은 바로 곁

을 지키며 가마에 오르기를 권했다.

심청이 황홀한 가운데 정신을 차리고 물었다.

"속세의 인간이 어찌 용궁 가마를 탄단 말입니까?"

"옥황상제의 분부가 지엄하십니다. 만일 타시지 아니하면 우리 인당수 용왕이 죄를 면치 못하실 것입니다. 부디 오르시옵소서."

심청이 그제야 마지못해 가마에 올라 곧 수정궁으로 들어갔다. 수정궁에서 며칠 쉬는 동안, 대접이 참으로 융숭했다. 하루는 옥황상제 계신 광한전[7]에서 옥진부인이 들러 간다는 기별이 왔다.

옥진부인이 누구인가. 바로 심학규의 처, 심청의 어머니 곽씨 부인이었다. 곽씨는 죽어 저세상으로 간 뒤 살아생전 어진 행실에 따라 옥진부인에 봉해졌는데, 딸 심청이 인당수 수정궁에 와 있다는 말을 듣고 옥황상제의 허락을 받아 딸자식을 보러 온 것이다.

옥진부인이 온다는 소식에 용궁은 다시 한 번 발칵 뒤집혔

7 광한전 달에 있다는 상상의 궁전.

다. 용왕 이하 바다 세상의 신하, 장수, 선녀 들이 옥진부인을 맞는다고 분주했다. 이윽고 옥진부인이 궁 안으로 들어오니 심청은 저 귀부인이 누구인 줄은 까맣게 모르고, 다만 멀리 서서 바라볼 따름인데 그 호화롭기 그지없는 가마의 문이 갑자기 열리면서 부르는 소리가 터져 나왔다.

"내 딸, 청아!"

심청은 어안이 벙벙한데, 하늘 세상의 귀부인이 심청을 꼭 껴안으며 말을 이었다.

"내가 네 어미다. 세상을 뜬 뒤, 옥황상제의 은혜로 옥진부인이 되어 광한전에서 지내고 있단다. 네가 지극한 효성으로 네 아버지 눈 뜨게 한다고 여기까지 왔다는 소식을 듣고 달려왔다. 이레도 못 돼 널 떼어 놓고 떠났다가 오늘에야 이렇게 꼭 안아 보는구나."

그제야 심청은 눈앞의 부인이 누구인지 알아차렸다.

"어머니, 나를 낳고 초칠일 안에 죽었으니 지금까지 열다섯 해 얼굴도 모르고 지냈습니다. 그 깊은 한이 개일 날이 없더니만, 오늘날 이곳에 와서 어머니와 다시 만날 줄은 몰랐습니다."

"네 아버지 너를 키워 부녀가 서로 의지하다가 이별하니, 너 떠나던 날 아버지 마음이 오죽했으랴. 너를 보는 내 반가운 마

음이 네 아버지가 너를 잃은 설움에 견줄 수 있겠느냐. 네 아버지 가난한 살림에, 아마도 많이 늙었겠구나."

부인은 심청의 손을 만지다 가락지를 보고 또 눈물을 지었다.

"내 딸아. 그래도 네 아버지가 내 유언대로 가락지를 네게 전해 주었구나. 아비와 이별하고 어미를 다시 보니, 모든 일이 온전하기 어려운 것이 인간 세상의 이치란다. 저 하늘 세상이 또 다르고, 물속 세상이 또 다르고, 인간 세상이 또 다르단다. 우리 다시 만날 날이 있을 것이다. 애통하고 딱하다만, 오늘은 헤어져야 한다."

부인이 떨치고 일어나니 심청이 만류하지 못하고 울며 헤어졌다.

옥진부인이 떠난 뒤 용왕이 심청 앞에 나섰다.

"옥황상제 분부를 따라 낭자를 다시 올려 보내야 하오."

용왕이 호령하니, 금세 큰 꽃송이가 마련됐다. 거기에 심청과 심청을 모실 선녀 둘을 태워 바다 위로 올려 보내니, 순식간에 꿈같이 인당수 위에 번듯 떠 영롱한 빛을 내뿜었다.

바람이 분들 끄떡하며, 비가 온들 떠내려가랴. 오색 무지개마저 꽃 속에 어리어 그 기이한 모습을 뽐내며 둥덩실 떠 있었다. 마침 남경 갔던 뱃사람들이 큰 이문을 내어 돌아오다가 인

당수에서 심청을 위한 제를 올리게 되었다.

"우리 일행 스물네 사람이 아무 탈 없이 장사 잘하고 돌아오게 됐습니다. 부디 저희가 올리는 인사를 받아 주십시오."

먼저 용왕에게 제물을 바친 뱃사람들은 다시 제물을 차려 심청의 혼을 부르며 위로했다.

"늙으신 아버지 눈 뜨기를 위하여 젊은 나이에 죽음을 마다하지 않은 효녀시여! 우리 뱃사람들 장사 잘하고 돌아갑니다. 가는 길에 반드시 도화동에 들러 그대 아버지 소식을 알아보겠습니다. 한 잔 술로 위로하니 부디 이 술 받아 주옵소서!"

술을 올리고 눈물을 한바탕 쏟고 나서 한 곳을 바라보니 넓은 바다 가운데 사람이 들어가 지낼 만한 꽃 한 송이가 둥덩실 떠 있었다. 뱃사람들은 이상한 생각이 들어 저희끼리 의논했다.

"효녀의 넋이 꽃이 되어 바다에 떴는가."

곧 꽃송이를 건져 배에 싣고 떠났다. 포구로 돌아와서 뱃사람 스물넷이 장사한 이문을 나누어 가지고 저마다 집으로 돌아갔는데, 우두머리 사공은 인당수에서 건진 꽃을 가지고 가, 자기 집 뒤란에 고이 모셨다.

이때 임금은 왕비가 세상을 떠난 뒤에 다시 혼인하지 않고, 뜰을 가꾸며 아픈 마음을 달래고 있었다. 궁궐 뜰에 온갖 꽃

과 풀과 나무를 심고, 연못을 파고, 곳곳에 화분을 두니 꽃과 나무로 별천지를 지은 셈이었다.

남경 다녀온 우두머리 사공은 귀한 꽃을 내 집 뜰에 두기보다는, 천하의 꽃과 나무가 다 모여 있고 임금이 정성스레 가꾸는 뜰에 두는 편이 낫다고 여겨 임금께 바쳤다. 임금이 그 꽃을 보고는 크게 기뻐했다.

세상에 꽃이라고는 모르는 게 없는 임금으로서도 난생처음 보는 꽃 아닌가. 빛이 찬란하여 해와 달이 빛을 내는 것 같고, 향기도 빼어나, 이 세상 꽃이 아닌 것 같았다. 임금은 이 꽃에 아직 이름 없는 꽃이라 하여 특별히 '강선화降仙花'란 이름을 지어 붙였다.

하루는 임금이 달을 따라 화단을 거닐고 있었다. 밝은 달빛은 뜰에 가득하고 산들바람 부는 중에 문득 강선화 봉오리 속에서 인기척이 느껴졌다. 임금이 가만히 몸을 숨기고 살펴보니 웬 여인 셋이 봉오리를 헤치고 밖으로 나오는 게 아닌가. 임금이 여인들 앞으로 썩 나서며 외쳤다.

"귀신이냐, 사람이냐?"

세 여인은 별로 놀라지도 않고 공손히 절을 올리고

고했다.

"저는 용왕님이 올려 보낸 심청이라 하옵고, 저 둘은 함께 온 선녀이옵니다. 세상으로 나왔다가 임금을 놀라게 했으니 황공하옵니다."

심청은 그간의 이야기를 조곤조곤 이야기했다. 임금은 아직도 어안이 벙벙한 한편 생각했다.

'그러니까 옥황상제의 도움으로, 용왕까지 도와 내게 왔단 말이지. 필시 하늘이 내게 배필을 내림이라!'

임금은 곧 심청과 혼인하고 왕비로 맞았다. 조정도 경사에 크게 기뻐했고, 소식을 들은 백성도 환호했다. 나라 안에는 큰 사면령이 내려져, 백성이 관청에 진 묵은 빚과 묵은 세금이 탕감되었다. 강선화를 바친 우두머리 뱃사공도 큰 상을 받았다.

심청이 왕비 된 이후로 나라는 해마다 풍년이 들어, 태평성대가 열렸다. 임금의 사랑도 깊어져 왕비가 된 심청은 부귀로 보거나 부부의 사랑으로 보거나 남부러울 것이 없었다. 그러나 심청의 가슴에는 시름이 가득했다.

'불쌍한 우리 아버지, 눈은 뜨셨는가? 잘 지내시나?'

밤낮으로 이 생각뿐이었다.

【이야기 너머】

판타지 어드벤처의 조상

바다에 뛰어들고 끝이 아닙니다. 인당수 아래에도 딴 세상이 펼쳐져 있군요.

인당수는 어디일까요? 126쪽 지도를 보세요. 어떤 이들은 인천 강화도에서도 더 북쪽, 황해도 옹진반도 동쪽 백령도 해상을 인당수라고 합니다. 어떤 이들은 전라북도 부안 앞 위도 해상을 인당수라고 합니다. 하지만 어디가 곧 인당수라고 콕 집어 말할 수 있겠어요? 소설은 허구인걸요. 다만 두 곳 모두 뱃길에 자리했고, 예부터 배가 부서지고 침몰하는 사고가 잦던 곳임에는 틀림이 없지요.

한편 물밑에 또 다른 세계가 있습니다. 네, 그 물밑 세계의 주재자가 용

중국

북경

조선

백령도

한양

위도

남경

왕이고요. 용왕의 원형은 불교에도, 도교에도, 한국 민간신앙에도 다 걸쳐 있습니다. 사람들은 초자연적인 힘을 지닌 용왕에게 뱃길의 안녕을 빌고, 혹 사고로 가라앉은 사람을 저세상으로 잘 인도해 주기를 빌었습니다. 포구마다 용왕을 모신 당집 없는 곳이 없고, 용왕제를 지내지 않는 곳이 없습니다. 용왕은 뱃길의 안녕과 풍어豊漁를 기원하고 사로死路에 이른 사람들을 위로하는 마음들을 한데 모아 부친 상징입니다.

이토록 큰 힘을 지닌 용왕보다 더 큰 힘을 지닌 존재로는 옥황상제가 있군요. 옥황상제는 원래 도교에서는, 도교 최고의 신령인 '삼청'을 보좌하는 존재입니다. 그런데 한국 무속에서는 옥황상제가 거의 천상세계의 주재자이자 지상과 수중에도 명령을 내릴 수 있는 최고의 신령으로 한 단계 더 높여져 있습니다.

어떤 상징도 없는 맨 바다, 맨 하늘에다 심청을 던져 놓을 수는 없잖아요. 소설은 개연성을 가지고 독자를 설득해야지요. 『심청전』은 당시 사람들의 상상력에 확고히 자리 잡은 수중세계, 용왕의 신통력이 통하는 수중세계에서 심청을 소생시킵니다. 그러고는 수중·지상·천상을 아우르는 옥

황상제의 힘을 빌려 곽씨 부인을 등장시키고, 심청을 다시 지상으로 돌려 보내지요.

이를 글로만 묵묵히 읽는다면 조금 평면적인 느낌이 날 수도 있지만, 판소리로 연출된다든지, 전문 이야기꾼의 낭독으로 연출된다면 훨씬 흥미진진한 장면의 연속으로 다가올 것입니다.

사람이 지상·수중·천상·이승·저승 등 전혀 다른 시공간을 넘나든다는 상상은 아득한 옛날부터 오늘날까지 면면히 이어지고 있습니다. 영화 〈아바타〉를 떠올려 보세요. 여러 차원을 무대로 삼고, 인물을 등장시켜 차원을 오가며 모험을 시킵니다. 오늘날 어떤 대중예술 작품에서든 『심청전』과 같은 짜임새를 찾아보기는 어렵지 않습니다.

맹인 잔치

뜰 안에 가을빛 가득하고

귀뚜라미 우는 소리 구슬픈데

하루는 심청이 수심을 이기지 못해 주위 사람들을 물러가게 하고 홀로 난간에 기대어 섰다.

뜰 안에 가을빛 가득하고 귀뚜라미 우는 소리 구슬픈데 하늘에는 짝 잃은 기러기가 높이 떠 끼룩끼룩 울며 갔다. 심청이 기러기를 보고 다시 기가 막혔다.

'기러기야, 기러기야, 울고 가는 기러기야. 너 무슨 시름 있어 그리 슬피 우느냐. 도화동 계신 우리 아버지 슬픈 소식 전하려고 나를 불러 우느냐. 이 몸이 불효막심하여 땅 위 세상으로 다시 올라오고도, 아직 아버지를 뵙지 못했구나. 부처님 영험으로 눈을 뜨셨을까. 도화동 사람들이 옛 약속을 잊지 않고 아버지께 양식은 대고 있을까. 혹시 눈도 못 뜨고, 굶어 죽을 지경이 되어 이 집 저 집 걸식하며 돌아다니실까. 아무리 힘들어도 살아만 계시다면야 천만다행이리라. 혹 병이라도 나셨다면 어쩌나. 누가 약 한 첩, 물 한 모금을 돌볼까. 옥황상제와 용왕의

도움으로 선녀의 부축을 받아 땅으로 돌아왔고 세상에 귀한 혼인을 하였건만, 생사도 모르는 일개 백성을 빌미로 사사로이 임금의 명을 낸다니 될 말이냐.'

생각 끝에 흐느낌이 통곡으로 변하더니, 마침 임금이 그 소리를 듣고 다가왔다.

"아니 왜 이리 울고 있소? 우리 사이에 무슨 일이 있는 것도 아니고, 나라에 무슨 일이 있는 것도 아닌데 왜 이리 근심 가득한 낯빛이오?"

심청이 급히 눈물을 닦으며 고했다.

"제가 기이한 일을 겪었음은 일전에 여쭌 대로입니다. 이제 이렇게 땅 위 세상으로 돌아오고도 고향에 두고 온 아버지, 생사조차 알 수 없으니 이 한이 사무칩니다."

"효녀로다, 우리 왕비가 효녀로다. 무슨 방법이 없을까요?"

"온 나라 맹인이 한양 한자리에 모이면, 혹 그 가운데 아버지가 있어 만날 수 있지 않을까요?"

"그거 좋은 생각이오!"

임금이 이튿날 즉시 명을 내려 한양서 맹인 잔치를 연다는 포고를 내고, 각 고을에 당부하여 맹인이라면 단 한 사람도 빠짐없이, 이번 석 달 열흘 동안 벌어지는 잔치에 참석게 했다.

고을마다 공문서를 보내 성화같이 재촉하니 고을 원님들이 황송한 마음으로 명을 받들어 각 고을 맹인들에게 잔치 소식을 알리고 한양으로, 한양으로 가게 했다.

【이야기 너머】

시각장애인, 종일품 재상도 함부로 못할

심학규는 시각장애인, 맹인입니다. 앞을 보지 못합니다. 그래서 심학규를 '심봉사'라 부르기도 하지요. 봉사란 시각장애인을 낮잡아 부르는 말입니다. 시각장애인의 삶은 옛날이나 오늘날이나 비장애인의 삶에 견주어 힘들었지요.

더구나 별다른 사회복지제도를 마련하지 못한, 사회복지제도가 있다고 해도 굶어 죽기를 면하는 데에만 초점을 맞춘 시대에 장애인의 삶은 몹시 어려웠습니다. 그런데 시각장애인에게는 뜻밖의 직업세계가 열려 있기도 했습니다.

옛날 사람들은 시각장애인이 앞을 보지 못하니 사물 또는 사람의 겉모습에 현혹되지 않으리라 여겼습니다. 그래서 많은 시각장애인이 점을 쳐서 먹고사는 길을 택하기도 했습니다.

더구나 점치는 손님은 대개 부녀자입니다. 옛날에는 남녀의 생활공간을 엄격하게 구분했습니다. 남녀가 함부로 어울리기 힘들었지요. 앞을 못 보니 특별히 남녀 구별에 구애받지 않는 시각장애인 점쟁이가 영업에서는 훨씬 유리하겠군요. 비장애인이 시각장애인 점쟁이로 변장해 부녀자에게 드나든 이야기도 전해 오지요.

17세기에 이수광이 편찬한 백과사전인 『지봉유설』은 우리나라 시각장애인이 점치는 기술은 중국보다 뛰어나다고 했고, 19세기에 이규경이 편찬한 백과사전인 『오주연문장전산고』 또한 우리나라 시각장애인들의 중요한 직업으로 점쟁이를 손꼽았습니다.

아무리 종일품從一品 재상이라 할지라도 맹인을 만났을 때 '너'라는 천한 말로 대하지 않고 중인中人 정도로 대한다. 간혹 살다가 실명失明하여 앞을 보

지 못하는 사람도 남의 안방에 드나들면서 점을 보고 신수를 보곤 하니, 이야말로 해괴망측한 일이다.

_『오주연문장전산고』에서

점쟁이 말고는 또 어떤 직업이 가능했을까요? 전문 연주자가 되는 길이 있었습니다. 사람들은 눈이 보이지 않는다면 음악에 고도의 집중력을 발휘할 수 있으리라 기대했지요. 실제로 벼슬아치들은 시각장애인 음악인들을 자주 찾았습니다. 음악 재능을 지닌 시각장애인에게는 연주자의 길도 열려 있었던 것이지요.

빵덕이네

농사철에 정자 밑에서 낮잠 자기,

술에 취해 한밤중 울음 울기,

빈 담뱃대 들고 공짜 담배 청하기

이때 심봉사는 딸 잃고 모진 목숨 죽지도 못하고 근근이 살아가고 있었다. 딸자식이 살아서 왕비가 된 줄은 꿈에도 생각지 못했다.

도화동 사람들은 심청이 뱃사람을 따라나선 뒤, 그 일을 불쌍히 여겨, 뱃사람들이 주고 간 돈과 곡식을 늘려, 심학규가 남은 생만큼은 편히 살도록 도왔다. 그리하여 심학규는 큰 부자는 아니더라도 굶지 않고 헐벗지 않을 만큼은 살아가고 있었다.

그러나 심학규의 마음이 남과 같을 수는 없었다. 딸자식 여읜 괴로움에, 홀로된 괴로움까지 겹쳐 밤만 되면 눈물이 터지고, 낮이면 두 발이 땅 위로 붕 떠 있는 듯했다.

마침 이웃에 천하에 막돼먹은 여인 뺑덕이네가 이사를 왔다. 그는 심학규의 살림살이를 눈여겨보고 돈과 곡식을 털어먹을 요량으로 외로운 심학규의 마음을 녹이더니 결국 후처가 되어

심학규네로 들어갔다.

뺑덕이네가 워낙 불량한 인물이라 남의 집 부인이 되고서도 양식 주고 떡 사 먹기, 베 내주고 술 사 먹기, 농사철에 정자 밑에서 낮잠 자기, 마을 사람더러 욕설하기, 일꾼들과 싸우기, 술에 취해 한밤중 울음 울기, 빈 담뱃대 들고 공짜 담배 청하기를 부끄러운 줄도 모르고 행하니, 동네 사람들과는 원수를 지게 됐고, 심학규의 재산은 거덜이 났다.

심학규도 눈치가 없지 않았다. 새장가 들고 얼마 지나지 않아 가세가 자꾸 기우는 줄은 알아차릴 수 있었다.

"뺑덕이네. 이제까지는 우리 형편 괜찮다고 이웃들이 말했는데, 요즘 어찌해서 빌어먹게 되어 가는 눈치요. 이 늙은 것이 다시 빌어먹자 한들 동네 사람도 부끄럽고 내 신세도 말이 아니지. 딸자식 판 돈으로 먹고살아 온 내가 어디서 낯을 들고 다니겠소? 대체 우리 재산은 어디로 갔소?"

뺑덕이네가 뾰로통해서 대꾸했다.

"본래 재산이 얼마나 됐다고 이러시오. 재산이 가긴 어디로 가. 당신이 먹고 싶다기에 고기 사다 바치고, 술 먹고 싶다기에 술 사다 바치고, 떡 잡숫고 싶다기에 떡 사다 바치고, 엿 먹겠다기에 엿 갖다 먹였지!"

심학규는 기가 막혔다.

"내가 그동안 고기 먹고 술 먹고 떡 먹고 엿을 먹었다고?"

"내 말이 틀렸소? 아니오? 가져다 바치는 대로 먹어 치워 놓고, 가장이 부인을 탓하오?"

더는 할 말이 없어진 심학규는 팽 돌아앉았다. 돌아앉아 속을 끓였다.

'아아, 내 딸 청이가 저 푸른 바다로 들어가며, 말년이라도 잘 지내라고 주고 간 돈을 저 여자가 다 없앴구나. 내가 어리석어 화를 불러들였구나. 눈 뜨기도 나는 싫고, 더 살기도 나는 싫다. 청아, 너 황천 가 있거든, 네 어미 만나 모녀가 귀신이 되어 날 잡으러 오거라, 나를 잡아 가라.'

심학규 사는 꼴이 이러했다. 심학규는 다시 지팡이를 짚고 빌어먹는 신세가 됐다. 뺑덕이네는 집안을 돌보기는커녕, 얼마 남지 않은 세간을 팔아먹고 새로 사귄 총각을 만나러 다니느라 바빴다.

【이야기 너머】

심학규 다시 읽기

심학규는 딸자식을 보내고 홀로 남아 외로워하다가 그만 뺑덕이네에게 넘어갑니다. 그런데 심학규는 이번에만 넘어간 게 아니죠. 앞서 몽은사 화주승의 '눈 뜰 길 있다'는 한마디에, 앞뒤 돌아보지 않고 덜컥 공양미 3백 석을 약속하기도 했지요.

딸자식이 동냥 다니는 동안, 심학규가 전문적인 점쟁이 일을 한다거나 음악 연습을 한다거나, 가장 노릇을 하고 내 자식 건사하겠다고 적극적으로 애쓴 흔적은 보이지 않습니다.

불량한 사기꾼한테 넘어갔어도 이만저만이어야죠. 아주 야박하게 말해, 딸자식 팔면서 공양미 3백 석 외에 뱃사람들은 웃돈까지 더 내놨습니다.

동네 사람들도 의연금을 모아 주었습니다. 그동안 어린 딸의 봉양을 받았고, 딸자식을 여의자 그 대가로 다시 먹고살 길이 열렸습니다. 심학규는 이마저 다 날려 먹습니다.

문화의 융성과 교양인의 영예로운 삶이 깃든 '학규', 그 이름이 아깝지 않습니까. 네, 여기에는 풍자의 뜻도 깃들었다고 봐야죠.

무기력하고 무능한 양반, 그 이름은 빛나지만 이름값은 못하는 양반, 즉 흉적 선택을 하고 나서는 책임을 지지 못하는 양반! 뭐라고 변명해도 결국 딸을 팔아먹은 양반!

한양 가는 길

어유야 방아야 어유야 방아야
떨구덩덩 잘 찧는다

심학규는 이제 뺑덕이네를 모시고 살며 밥까지 빌러 다녔다. 그러던 차에 한양에서 맹인 잔치를 베푼다는 소문을 들었다. 그러나 한양 갈 정신도, 노잣돈 마련할 여유도 없었다. 한양 잔치야 나랑 무슨 상관이랴, 하고 지레 포기하고 있는데 도화동 원님이 사람을 시켜 급히 불렀다.

"무슨 일이신지요?"

"네가 한양 맹인 잔치 소식을 아느냐 모르느냐? 나라 안 맹인은 한 사람도 빠지지 말고 오라는 임금의 명령이 서릿발 같은데, 왜 잔치에 참석할 생각을 아니하느냐?"

"제가 어디 다닐 형편이 아닙니다."

말을 다 들은 원님이 혀를 끌끌 차더니 돈 20냥을 심학규 앞에 내놓았다.

"고을에서 특별히 내리는 돈이다. 이 돈을 노잣돈으로 해서 한양 맹인 잔치에 반드시 참석하라!"

심학규는 꼭 참석하기로 다짐하며 돈을 받아 돌아와 뺑덕이네를 찾았다.

"나 혼자서는 도저히 한양 갈 엄두가 나지 않으니 이번 맹인 잔치에 나와 함께 가는 것이 어떠한가?"

안 그래도 도화동 생활이 지겹고 심학규가 지겨운 뺑덕이네는 얼씨구나 하고 답했다.

"네, 가요! 당장 갑시다."

그날로 길을 떠나 뺑덕이네를 앞세우고 며칠 가서 한 마을에 이르러 잠을 자게 되었다. 마침 그 근처에 황봉사라는 맹인이 있었는데, 아주 못 보는 것은 아니고 반쯤은 보였으며, 집안 형편도 넉넉한 편이었다.

뺑덕이네 행실이 난잡하다는 소문은 벌써 이웃에 자자했다. 황봉사도 그 소문을 익히 듣고 있던 터라, 심학규가 잠든 사이에 뺑덕이네를 꾀었다. 뺑덕이네는 생각했다.

'이 여행길에서 돌아온들 형편이 나아지겠으며, 앞으로 심학규 동냥을 얻어먹고 얼마나 더 살랴. 황봉사를 따라가면 내 말년 신세는 편안하겠구나.'

뺑덕이네는 황봉사에게 가기로 약속하고, 심학규는 아주 떼내 버리기로 했다.

이튿날 심학규가 봇짐을 지고 나서자, 뺑덕이네는 심학규의 지팡이를 짚고, 심학규의 손을 잡고 길잡이가 되었다. 이때가 마침 오뉴월이라, 더위는 심하고 땀은 흘러 등을 적셨다.

"여보, 서방님."

뺑덕이네가 정다운 척을 했다.

"왜 그러우?"

"이리 더우니, 당신 멱이라도 감고 쉬었다 갑시다. 마침 맑은 물 흐르는 개천이 있구려. 여인네는 멱 감기 어려우니 나는 나무 그늘 아래 있으리다."

마침 반가운 소리에 심학규는 옷과 봇짐과 돈 20냥을 뺑덕이네에게 맡기고 얼른 물에 들어갔다.

시원하게 몸을 씻고 나오는데, 사방에 인기척이 전혀 없었다.

"여보, 뺑덕이네. ……뺑덕이네?"

뺑덕이네는 이미 황봉사와 만나기로 한 곳으로 훨훨 떠나간 뒤였다. 한참을 간 뒤였다.

몇 번이나 뺑덕이네를 찾았건만 아무도 없음이 분명했다. 그제야 심학규는 일이 어떻게 됐는지 알 것 같았다.

"천리만리 멀고 먼 길을 어찌 가나. 돈이고 보따리고 그렇다 치고, 아래위 옷 한 벌은 남겨 둬야 다시 길거리 동냥이나마 할 것 아니냐, 이 몹쓸 여자야! 허허 이제 나는 정녕 죽었구나. 이렇게 알몸이 되었으니 굶어 죽기 전에 이 더위에 타 죽기 십상이지. 이 몹쓸 도둑놈아, 내 옷은 돌려다오. 혹시 지나가는 부인네 있다면 이 길은 돌아가시오. 여기 다 벗은 맹인이 서 있소!"

한참을 울고 있는데 마침 도화동 원님이 한양을 다녀오다가 이상한 소리를 들었다. 심부름꾼을 시켜 급히 소리 나는 데를 찾아보니, 아래위로 홀랑 벗은 심학규가 개울가에 웅크리고 울고 있는 게 아닌가.

심부름꾼이 급히 겉옷을 벗어 심학규에게 덮어 주고 원님께

보고하니, 원님이 혀를 끌끌 차며 심학규를 데려오게 했다.

"이게 웬일이냐. 한양 간다더니 이게 무슨 꼴이냐."

"네, 못된 뺑덕이네가 제 짐, 제 돈은 물론이고 한 벌 남은 옷까지 죄다 들고 달아났습니다."

원님이 기가 막혀 물끄러미 심학규를 바라보다 한숨을 길게 내뱉었다.

"휴, 참 딱한 인생이다."

원님은 자신의 새 옷 한 벌과 신 한 켤레에 돈 20냥을 다시 마련해 심학규에게 건넸다.

"임금의 명령이 지엄하니, 이 길로 바로 한양으로 들어가라. 내 명을 어기고 다시 도화동에 돌아올 생각은 마라!"

심학규는 절을 하고 또 하고, 연방 "고맙습니다, 고맙습니다"를 외치고 다시 한양을 향해 길을 떠났다. 잔치 기일은 다 돼 가고 길은 낯설고 앞은 보이지 않으니, 마음은 급하고 걸음이 더뎠다.

안 쓴다 안 쓴다 해도 돈 20냥을 꼬치에서 곶감 빼 먹듯 하더니 한양으로 갈수록 밥값은 비싸기만 해 한양 목전에 닥치자 돈도 다 떨어져 배를 곯게 되었다.

고픈 배 움켜쥐고 길을 가는데 어디선가 아낙들이 모여 떠드는 소리가 들렸다. 그리고 방아 찧는 소리가 함께 들렸다. 심학규가 소리 나는 쪽으로 다가가자 모여 있던 아낙들이 말을 건넸다.

"저기 가는 저 나그네, 혹 눈이 잘 안 보이오?"

"네, 그렇소."

"맹인 잔치 가오?"

"네, 이번 맹인 잔치에 가는 심봉사라 하오. 여기 지금 방아 찧소? 내 앞은 잘 보이지 않으나 아낙들보다야 아직 힘이 있으니, 방아를 찧어 줄게, 밥 한술 먹여 주오."

"잘만 찧어 주면 밥 한술뿐이오? 술도 한 사발 주지."

"그럼 한번 찧어 볼게, 절구나 건네시오."

이리하여 맹인이 맹인 잔치 가다가 밥 얻어먹느라 방아를 찧는 것이었다. 심학규는 노래를 부르며 공이에 힘을 실었다.

어유야 방아야 어유야 방아야.

떨구덩덩 잘 찧는다.

어유야 방아야.

만첩청산 산에 들어가.

이 나무 저 나무 베어다가.

이 방아를 만들었나 어유야 방아야.

밥도 나오고 술도 나온다.

어유야 방아야.

사철 찧는 쌀방아요.

명절에는 떡방아라.

어유야 방아야.

맵구나 고추방아.

꼬숩다 깨방아.

어유야 방아야 어유야 방아야.

떨구덩덩 잘 찧는다.

어유야 방아야.

이렇게 방아를 찧어 주고 밥 한 사발 얻어먹고, 인정 많은 사람의 사랑방에서 잠까지 잘 잔 뒤에, 이튿날에는 아침까지 얻어먹고 다시 한양을 향해 마지막 힘을 다해 걷기 시작했다.

【이야기 너머】

조선 9대 간선도로 따라 걷기

조선 시대에는 길마다 특별한 숙박 시설이 없었습니다. 벼슬아치나 양반은 객사나 관아 또는 역에서 잘 수 있었지만 보통 사람들은 그저 남의 집에 정중히 부탁해, 헛간에서라도 잘 수 있으면 다행입니다. 주막은 따로 침구를 준비한 공간이 아닙니다. 한 끼를 사 먹으면 하룻밤 잘 수 있는 쯤의 공간인데요, 몇 사람이 되건 비좁은 방 한 칸에 함께 어울려 자야 합니다.

그건 그렇고, 이제 황주 도화동에서 한양으로 간다면 또 어떻게 갈까요? 먼저 조선 시대에 한양과 전국, 전국과 한양 사이에 난 도로에 대해 알아봅시다. 1770년 조선 영조 46년에 홍봉한洪鳳漢 등이 왕명을 받아 편찬한 『문헌비고』라는 책을 보면 조선 9대 간선도로가 잘 나와 있습니다.

조선 9대 간선도로

❶ 한양에서 의주를 연결하는 도로. 연행로 또는 사행로라고 합니다. 중국에서 사신이 오가는 도로입니다. 조선 시대 간선도로 가운데 정비가 가장 잘 된 도로입니다.

❷ 한양에서 원산을 거쳐, 오늘날의 함경북도 서수라로 연결되는 도로.

❸ 한양에서 동해안의 평해로 연결되는 도로. 관동대로라고 합니다.

❹ 한양에서 용인·충주·문경새재·상주·밀양을 거쳐 부산으로 연결되는 도로. 영남좌도 또는 영남중도라고 합니다.

❺ 한양에서 경상도 김천을 거쳐 통영으로 연결된 도로. 중로라고 합니다.

❻ 한양에서 삼례·전주·오수를 거쳐 통영으로 연결됩니다.

❼ 한양에서 삼례·전주·태인·정읍·나주·강진으로 이어집니다. 그러고는 해남의 이진항에서 제주로 연결되지요. 삼남대로라고 합니다. 조선 시대에 제주는 행정구역상 전라도에 속했습니다.

❽ 한양에서 평택·요로원·곡교천·신창·신례원을 거쳐 보령에 이르는 도로입니다.

❾ 한양에서 양화도를 지나 양천·김포·통진·강화에 이르는 도로입니다.

황주를 황해도의 한 고을이라고 하면, 꼭 그렇다고 단정할 수는 없지만, 심학규와 뺑덕이네는 아마 제❶도로, 사행로를 탔을 거예요. 사행로 위에는 조선 제2의 도시 평양이 있습니다. 평양 바로 아래가 황주입니다.

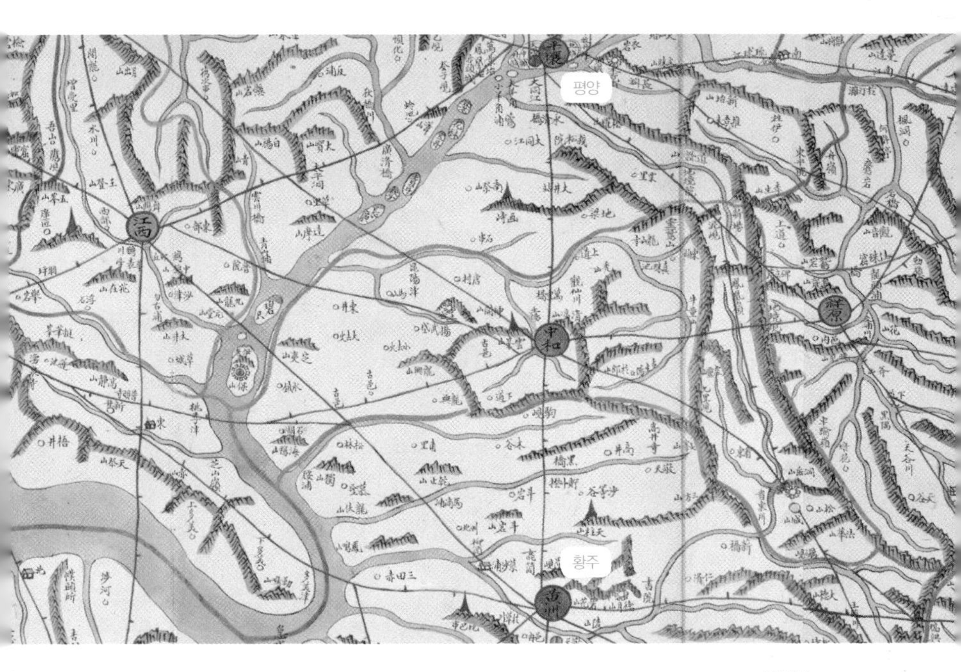

동여도

네가 정녕 청이냐

옛날옛날 한 옛날 이래 봉사가
하루아침에 눈 떴단
이야기가 있었는가

아침밥을 먹은 힘으로 심학규는 금세 잔치가 열리는 대궐 문밖에 다다랐다. 풍악 소리는 높고 구미가 동하는 음식 냄새도 풍겨 왔다. 심학규는 얼른 자리를 찾아 들어갔다.

이때 심청은 여러 날 맹인 잔치를 했으되 명부를 아무리 들여다봐도 도화동 심학규 이름 석 자가 없으니 속이 상했다.

'이 잔치를 연 까닭은 아버지를 만나자는 것이었는데, 아버지를 뵙지 못하니 내가 인당수에서 죽은 줄로만 알고 애통해하다 돌아가셨는가, 아니면 몽은사 부처님이 영험하여 그동안에 눈을 떠 더 이상 맹인이 아니신가. 이 잔치가 오늘로 마지막이니 내가 몸소 나가 보리라.'

심청이 뒷동산에 자리를 잡고 잔치를 구경하는데, 잔치를 다 끝낸 뒤에는 맹인 명부를 올리라 하여, 잔치에 온 사람의 신원을 확인한 뒤 의복 한 벌씩을 내주었다. 이에 맹인들이 모두 사례 겸 명부와 대조하는 겸으로 아뢰었다.

"저는 경 읽어 주는 아무개 봉사요."

"저는 길일을 잡고, 사주팔자도 보는 아무개 봉사요."

"저는 풍각쟁이 아무개 봉사요."

"저는 해몽 잘하고 점 잘 치는 아무개 봉사요."

"저는 눈은 잘 안 보여도 아들딸 많이 낳고 지극한 봉양을 받으며 살고 있는 아무개 봉사요."

이렇게 명부에 맞춰 나가는데, 한 봉사가 말도 잘 못하고 쭈뼛쭈뼛 서 있을 뿐이었다.

"거기는 어떤 사람이오?"

대궐의 심부름꾼이 재촉하니 간신히 이렇게 대답했다.

"저는 도화동 사는 심학규, 심봉사요. 나이 65세에 하는 일은 다만 밥 먹고 잠자는 것뿐이오."

마침 이 모습이 뒷동산에 앉아 있던 심청의 눈에 띄었다. 심청은 상궁을 시켜 자세한 사연을 듣게 했다.

"자세히 여쭈어라. 살기는 어디 사느냐?"

갑자기 심부름꾼을 거느린 남다른 차림의 여인이 재촉하니 심학규는 겁먹은 목소리로 대답했다.

"도화동 삽니다."

소식을 들은 심청이 반가워하며 가까이 들라 이르니, 상궁이

명을 받아 심학규의 손을 끌고 전각 안으로 들어갔다.

"왕비마마가 여쭈시니 거짓 없이 아뢰어라."

"네, 제가 왕비마마 계신 데 들어왔습니까?"

심학규는 무슨 영문인 줄 모르고 겁을 내어 더듬거리는 걸음으로 들어가 계단 아래 섰다. 이윽고 심청이 물었다.

"자식은 어찌하였소?"

심학규가 갑자기 땅에 엎어져 눈물을 흘리면서 여쭈었다.

"마마, 여러 해 전 세상에 난 지 이레 만에 어미 잃은 딸이 하나 있었습니다. 제가 어두운 눈으로 어린 자식을 품에 품고 동냥젖을 얻어먹여 근근이 길러 내니 점점 자라면서 하늘이 낸 효녀의 품행이 있었습니다. 하루는 요망한 중이 와서 '공양미 3백 석을 시주하면 눈을 뜨리라' 하니, 딸이 그 말 듣고 아비도 모르게 뱃사람들에게 쌀 3백 석에 몸을 팔아 바다의 제물로 빠져 죽었습니다. 그때 나이가 열다섯이었습니다. 이제 저는 눈도 뜨지 못하고 자식만 잃었습니다. 자식 팔아먹은 놈이 세상에 살아 쓸데없습니다. 죽여 주옵소서."

심청의 눈에서 주르르 눈물이 났다. 심학규가 말을 마치자 심청은 버선발로 뛰어 내려와 아버지를 안았다.

"아버지!"

"이게 웬 말이냐?"

"여기 청이, 아버지한테 왔습니다!"

"이게 무슨 소리오. 나는 아들도 딸도 없소. 무남독녀 외딸 하나 물에 빠져 죽은 지가 언제인데 아버지라니 웬 말이오."

"아버지 속이고 뱃사람 따라가 물에 빠져 죽은 딸자식이 여기 있습니다, 아버지!"

"엥, 이게 웬 말이여. 여기가 어디라고 청이가 살아 와. 내 딸이면 얼굴 좀 보자. 아이고, 눈이 보여야 딸을 보지. 아이고 답답해. 제발 내 딸 좀 보자. 제발."

이때 옥황상제 분부인지, 용왕의 분부인지, 곽씨의 도움인지, 부처님 영험인지 눈에 무슨 약이라도 뿌린 듯 심학규의 어둔 눈에 광채가 들어왔다.

"이놈의 눈, 눈 좀 뜨자, 내 딸 좀 보자, 악!"

땅에 발 구르고 허공에 팔 내저으며 답답해 하던 심학규의 눈이 번쩍했다. 갑자기 눈앞에 이 세상이 펼쳐졌다.

어느 귀한 여인이 자신을 얼싸안고 있었다.

"네가 내 딸이냐, 청이냐?"

"네, 네, 아버지, 정녕 아버지 딸 청입니다."

심학규가 기쁘기는 기쁘나, 눈을 뜨고 보니 도리어 처음 보는 얼굴이라. 딸이라 하니 딸인 줄 알지만 처음 본 얼굴이니, 날 아버지라 부르며 얼싸안은 귀부인이 내 딸 심청인가 보다 하면서 신이 나 춤을 추고 노래를 불렀다.

얼씨구절씨구 지화자 좋을씨구.
어화, 벗님들아, 아들 낳기 힘쓰지 말고 부디 딸 낳으시라.
죽은 딸 청이를 다시 보니
이리 보아도 청이, 저리 보아도 청이.
아무리 보아도 내 딸 청이지.
딸 덕으로 청춘 전에 어두워진 눈을 뜨니
해와 달을 다시 보는구나.

심학규 눈뜬 바람에 잔치 자리에 있던 맹인과 온 나라의 맹인이 일시에 눈을 뜨기 시작했다.

"아이쿠, 나도 뜨자."

"아이쿠, 내가 떴다."

"앞이, 앞이 보인다."

"이게 웬일이냐 내 눈! 내 눈!"

가다 뜨고 오다 뜨고, 울다 뜨고 웃다 뜨고, 힘써 뜨고 애써 뜨고, 앉아서 뜨고 서서 뜨고, 일하다 뜨고 놀다 뜨고, 자다 뜨고 깨다 뜨고, 꿈쩍이다 뜨고 비비다 뜨고, 뜨다 뜨다 원시도 근시도 굳은 눈도 다 시원하게 나았다.

심학규가 차츰 정신을 차리고 보니 암만해도 꿈이 아니었다. 눈앞의 귀부인이 분명 내 딸이요, 내 딸이 분명 왕비였다. 심학규는 다시 춤추고 노래를 불렀다.

옳지 이제 알겠구나, 분명히 알겠구나.
꿈속에서 보던 얼굴, 분명히 내 딸이라.
이것이 꿈이냐 이것이 생시냐.
좋고도 좋으니 꿈과 생시 구별을 못 하겠네.
어제까지 맹인으로 지팡이 끌고 다니다가
오늘부터 새 세상이구나, 지팡아, 너도 고생 많았다.
이제 내 손에서 놓여나라, 파루루루루루파!
네 맘대로 가거라.
감았던 눈을 뜨니 궁궐이 웬 말이냐.
감았던 눈을 뜨니 내 딸이 왕비로다.
옛날옛날 한 옛날 이래

봉사가 하루아침에 눈 떴단 이야기가 있었는가.
임금님도 만만세! 내 딸 왕비님도 만만세!
얼씨구절씨구.

이렇게 여러 맹인이 모두 눈을 뜨고, 잔치에 온 모든 사람들이 영문을 알면 아는 대로 모르면 모르는 대로 춤을 추는데, 한 구석에서 풀 죽은 채, 아직 눈 못 뜬 봉사가 하나 있었다.

바로 뺑덕이네를 꾀어 낸 황봉사였다. 뺑덕이네는 황봉사하고 같이 잔치에 오기는커녕 중간에 다른 총각을 만나 달아난 터였다. 그런 중에 맹인이란 맹인은 모두 눈을 뜬다는데 자기만 환해지지 않으니 더욱 애가 달았다.

"나도 눈 좀 떠 보자, 반봉사가 더욱 답답하지 않으냐."

아무리 애를 써도 소식이 없었다. 황봉사는 데굴데굴 구르며 하늘에 빌기 시작했다.

"잘못했습니다, 잘못했습니다. 아마도 불쌍한 심봉사 속이고 뺑덕이네 꼬여 낸 죄가 깊어 눈을 못 뜨는 모양입니다. 하늘이시여, 이 죽을 죄를 용서해 주소서."

이윽고 황봉사도 눈을 뜨긴 뜨는데, 번쩍, 한쪽 눈만 빛이 환했다.

이제 진짜 잔치판이 됐다.

우리 임금 만만세!

우리 왕비 만만세!

이 세상에 효녀 나와

이 많은 맹인의 눈을 열었네.

딸자식 키워 낸

심봉사가 대단하지.

이 좋은 잔치를 뉘라서 아니 즐기리.

얼씨구절씨구.

심학규는 임금의 장인이자, 왕비의 아버지로서 격에 맞는 대우를 받게 되었다. 그 뒤로 심청은 아들딸 많이 낳았고, 나라는 태평을 이어 갔다.

심청의 어진 이름은 길이길이 전해졌다.

【이야기 너머】

맹인 잔치, 정말로 있었을까

조선 시대에 실제로 이런 맹인 잔치가 있었을까요?

네, 있었습니다. 나라가 노인을 대접한 기록은 차고 넘치고요, 시각장애인에게 잔치를 베푼 기록 또한 아주 구체적으로 남아 있어요.

『조선왕조실록』 중종 23년, 1528년 8월 18일 기록을 보면, 나라의 관청인 예조에서 맹인에게 음식 대접을 준비한다는 기록이 있습니다.

> 또 예조가 80세 이상의 맹인들을 예조 안에서 음식을 대접한다고 했는데, 여타의 노인들도 모두 부축하여 대궐 뜰로 오게 하고 맹인들도 자제들이 부축하고 오게 하며, 아울러 대궐 뜰에서 대접하는 것이 가하다. 또 80세 노인

尚深紅甚爲不可○傳于政院曰經筵所啓之事雖不更言法司自當
禁之服飾深染飮食奢侈之事左右啓之今此服飾之侈自古所無若
裏衣則或紬或綃皆可服也至如表衣過細而裏衣皆見于外照曜人
目此唐物非我國之所出也如此之事皆可禁也且好尙深染草綠田
不種穀多種藍子務爲過黑大卞草綠自有其色不必過黑雖不明言
予亦已有未便之心也此必宮中大家如此好尙故爲下者樂爲之效此
不可以他條禁之間尙衣院所染之藍色合當云其裁剪入內則視其
色何如而出示于外欲使內外以爲標而禁之此意言于憲府○下禮
曹公事于政院曰來九月初四日文廟別祭後儒生落點講經于明倫
堂重捧甘結凡事預備可也且八十歲以上盲人禮曹啓以曹中饋餉
云他餘老人亦皆扶持出入闕庭盲人亦可以子弟扶持幷於闕庭餉
之可也且八十歲老人賜宴乃例事也曾聞亦有百歲之人此甚稀貴
也若在遠方則不可招來饋之京畿近處及在京之人幷宜賜宴其賜
宴之時百歲而高品者坐於殿內卑秩者別坐階上可也京畿近處及
在京中百歲以上老人書啓○三公啓曰金同難推考事有關邊情又
是死生處決事須以諳鍊朝官知朝廷之意者往推之可也若有知情

중종실록

들에게 잔치를 내리는 것은 상례이다. 일찍이 듣건대 1백 세인 사람들이 있다고 했으니 이는 매우 희귀한 일인데, 멀리 외방에 살고 있다면 불러다 대접할 수 없지만 경기 근방이나 한양에 사는 사람에게는 아울러 잔치를 내려

야 하고, 잔치를 내릴 적에는 1백 세가 된 품계品階가 높은 사람은 전내궁궐 전각 안에 앉히고 품계가 낮은 사람은 따로 계상섬돌에 앉혀야 한다.

_「중종실록」에서

맹인들의 자제로 하여금 맹인을 대궐까지 안내해 오게 했고, 대궐 안까지 들여 대접했다니 『심청전』에 나오는 잔치와 이모저모 많이 닮았습니다.

사회보장제도가 완비된 나라는 아니지만, 조선은 장애인과 노인을 마냥 함부로 한 나라가 아닙니다. 할 수 있는 한에서는 사회적 약자를 위로해 보겠다는 생각만큼은 했던 나라입니다.

그저 잔치를 연다고 공고한 데를 지나, 장애인을 도울 안내자까지 먼저 생각하고, 노인에게는 나라에서 가장 지엄한 공간까지 내줄 깜냥이 되는 나라였습니다.